星海社
FICTIONS

魂に指ひとつふれるな

岩倉文也
Illustration／米山舞

星海社

Illustration　米山舞
Book Design　有馬トモユキ
Font Direction　三本絵理＋阿万愛

魂に指ひとつふれるな

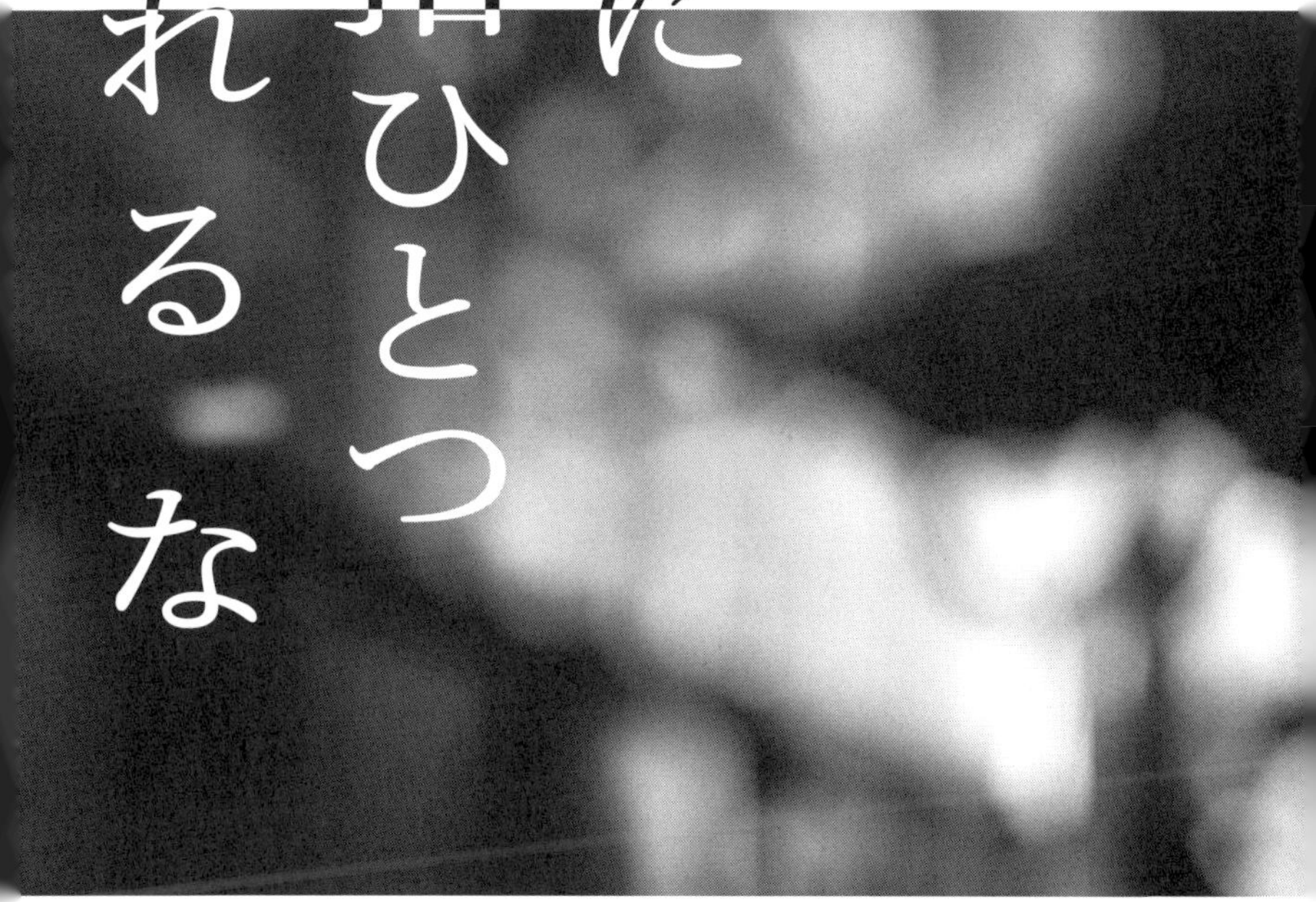

岩倉文也 Fumiya Iwakura

Illustration 米山舞 Mai Yoneyama

二〇一八年

1

「──本日はありがとうございました。では、写真の件、どうぞよろしくお願いします。はい、それでは失礼します」

ぼくは通話を切ると、すぐさまスマホを消音モードにし、上着のポケットに突っ込んだ。スマホを押し当てていなかった方の耳を手のひらで温めながら、きっと今回のインタビューが記事になることはないだろう、とぼくは思った。地元で発行されている地方紙の記者から、先月末に刊行した第一詩集についての紹介記事を書きたいと連絡があり、電話で取材に応じたのだったが、顔写真の掲載だけはやめてくれ、とぼくが言ったときから、記者の対応は途端におざなりになった。

その時点でもう、記事にするつもりがないことは見え透《す》いていた。

十月の、俄《にわ》かに強まった寒風をまともに受けながら、それでもぼくは室内に戻るでもなく、屋上をせかせかと歩き回った。顔の火照《ほて》りも、両脇《りょうわき》を湿らせる不快な汗も、なかなか引いてはくれない。

転落防止の柵《さく》の前で立ち止まり、辺りの夜景を一望する。

得体のしれぬ雑居ビルばかりが建ち並ぶこの界隈《かいわい》の眺《なが》めは、おせじにも美しいとは言えない。薄暗く、陰気で、人間達のじっとりした体温が、建物という建物に染みついている。

夜空を見上げる。もちろん星なんて見えない。遠くのネオンサインに照らされて、灰色の雲がゆっくり南へ移動していくのが分かる。この強い風の中、どうして雲はあんなに、悠長に流れていられるのだろう。

救急車のサイレンが聞こえた。音は歪《ゆが》んで遠ざかり、風の音にまぎれて消えていった。

ぼくは二十歳。

未来という錘《おもり》を抱《かか》えながら、だが迫りくる幻滅の予感を微笑ひとつで退《しりぞ》けることもできる。ぼくは年を取るのが怖い。だって、若さこそが人生に価値を与え、どんな頽廃《たいはい》にも、堕落《だらく》にも、退屈にも、意味を与えてくれるから。

ぼくは冷たくなった鼻をこすり、わざとらしく両手を打ち鳴らした。


リビングに戻ると、大きなビーズクッションに沈み込むようにして、風花《ふうか》さんがめそめそと泣きごとを言っていた。

「もう、だめだぁ。私、生きてても仕方ないよ。ねえ、そうですよね。ほら、だって私には才能ないですし。頭の中に壁《かべ》がいっぱいあって、その中にずっと閉じ込められてる……、そう、壁、たくさんの壁が、……はあぁ、嫌だ、いやだよお」

据《す》わった目で、虚空《こくう》にひとり話しかけている。

「これどうしちゃったんですか？」

ぼくは近くでくつろいでいたマキムラさんに声をかけた。

しばらく返事がなかった。マキムラさんはゆっくりとぼくの顔を見上げた。

「ああ、ミズキ」

恍惚《こうこつ》とした表情を浮かべている。

「風花さん、どうしたんですか？」今度は一語ずつ区切って、はっきりと尋《たず》ねる。

するとマキムラさんは舌を少し縺《もつ》れさせながら、

「バッド、バッド入っちゃったみたい」

へらへらと笑う。

知り合いから買ったという怪しげなお茶を、マキムラさんと共に怪しげな方法で飲んでいた風花さんは、ぼくが屋上に上がるまでは楽しそうにしていた。ぼくがプレイするテレビゲームの画面を見つめながら、なにが面白いのかずっと笑いこけ、無遠慮にぼくの肩を叩いたりしていたのに、それがこの様《ざま》だ。

そうこうするうちに、とうとう風花さんは本当に泣き出してしまった。

「ごめんなさい、ごめんなさい、学校やめてごめんなさい。これからは真面目に生きていきます。だから許してください……」

一度バッドに入ってしまった人間を元にもどす方法はなかった。

ぼくはカーペットの上にごろりと横になり、ぼんやりと天井に目を注いだ。しかし五分と経《た》たぬうちに起き直り、ふと冷めた意識で周囲を見回してみる。

壁に貼り付けられた沢山の卑猥《ひわい》なポスター。「カンパ歓迎《かんげい》」とマジックで書かれた貯金箱の置かれている大きなコタツ。床にはクッションやバランスボールが無造作に転がっている。首をひねって後ろを見るとキッチンがあり、銀色の冷蔵庫がジーンと微《かす》かな音を立てている。だれもここで立ち上がったり、椅子《いす》に座ったりはしない。みなが床に近い場所で体を折り曲げ、あるいは伸ばしたりして、家猫のようにごろごろしている。免除《めんじょ》されているのだ、ぼくらは。それが何からの免除なのかは分からないが、ただただ健康な肉体を持て余し、生きることの退屈に心地よい愉悦《ゆえつ》を覚えている。

ぼくは深く息をつく。

と、階段を下りてくる軽快な足音が聞こえ、それはリビングの入り口あたりで静止した。

「風花ぁ、帰るよー」

廊下とリビングの境目に女——確か風花さんが連れてきた——が立っていた。

「ねえ、どうしたの風花、ほら、もう終電きちゃうよ」

女は風花さんに近づくと、じっとその姿を見下ろしていたが、やがて身をかがめ、体を数度ゆさぶった。それでも風花さんは唸《うな》っているだけで、起き上がろうとはしない。

溜《た》め息をついて立ち上がると、女はぼくとマキムラさんの顔を交互に見、もの問いたげな眼差《まなざ》しを投げかけた。

ぼくは口を開こうとし、面倒になってやめた。

ぐったりとクッションに沈み込み、ぶつぶつと何かを呟《つぶや》いていた風花さんだったが、その時ようやく連れの姿に気が付いたらしい。身は横たえたまま、とつぜん素早《すばや》い動作で彼女の両足に抱き着くと、声を上げて泣き出した。

「あーあー、わかった、わかったって。マキムラさん、ちょっとお部屋お借りしてもいいですか？　この子落ち着かせてくるんで」

手慣れた様子で風花さんを抱き起こし、そのまま引きずるようにして女はまた階上へと消えていった。

しばらくして三階から下りてきた女は、

「私は明日も仕事なので先帰りますね。マキムラさん、悪いんですがあの子始発まで寝かせておいてあげてください。それじゃ、お疲れさまです」

そう言い残し慌《あわ》ただしく帰っていった。

もう今日は何も起きそうにないので、ぼくも部屋の隅《すみ》に放っておいたリュックを取り上げ、帰り支度《じたく》を済ませると、最後にちらとマキムラさんの方を一瞥《いちべつ》した。

さっきまで瞑想《めいそう》に耽《ふけ》っていた彼は大儀《たいぎ》そうに目を瞬《またた》かせ、おもむろに立ち上がった。そしてぼくを見ると、有無を言わせぬ口調で、

「それじゃあミズキ、俺たちも上あがろうか」
と言った。

三階は応接間のような場所で、部屋の隅には滞在者向けの二段ベッドが二つ据え置かれ、部屋の中心には木製のがっしりとしたテーブルが、またキッチンの傍には食事用の粗末《そまつ》なテーブルが置かれていた。今し方ここで酒盛りでも行われていたのか、中央のテーブルには空き缶や菓子類の袋が散らかったままだった。

この部屋には住人の個室へと通じるドアが二つあったが、その片方がマキムラさんの部屋で、そこで風花さんが休んでいるはずだった。

マキムラさんはダイニングテーブルで琥珀《こはく》色の液体を——たぶんウイスキーか何かだろう——飲んでいたが、一言も口を利《き》かなかった。ときおり彼が咳払《せきばら》いをしたり、鼻を啜《すす》ったりする音だけが静寂を一時破り、だがすぐにまた、静けさが辺りを覆《おお》ってしまう。

ぼくは所在《しょざい》なさを紛《まぎ》らわすために、意味もなくリュックの中身を点検したり、何かを探すようなそぶりを見せたりしていたが、すぐに馬鹿らしくなりやめた。椅子に背を預け、テーブルを挟んで斜め前に座っているマキムラさんをそれとなく観察する。

無造作に伸ばされ、所々に寝癖のついているくすんだ茶髪の下で、彼特有の眠たげな、だがくっきりと大きな双眸《そうぼう》は、微熱を帯びたように潤《うる》んでいる。彫《ほり》の深い顔に浮かぶ表情は、絶えず繊細《せんさい》と粗野の間を行ったり来たりしている。

服装に目を移す。今日のマキムラさんは、一体どこで見繕《みつくろ》ってきたのか、赤紫の、花の模様があしらわれたシャツに、白いタイトなパンツという出《い》で立ちだった。そしてその服自体は、彼の持ち物すべてがそうであるように、どこかくたびれていた。

マキムラさんは、長い沈黙をなんとも思っていないらしく、ただ黙々とグラスを傾けていく。いくら飲んでも顔色ひとつ変わらない。

「あのさ、ミズキ」しばらくして、マキムラさんが口を開いた。

「もうここ来るとき、いちいち連絡入れなくていいから」

彼は中空の何もない一点を見つめている。

「あ、そうですか」

「うん。住人たちもミズキのこと気に入ったみたいだし」

彼はかすかに微笑《ほほえ》んで辺りに視線を走らせた。そこに親しい住人たちの顔を探すみたいに。だが当然、ぼくらのほかにこの部屋にはだれもいなかった。

再び静寂が訪れる。

ぼくはなんとか会話の糸口を見つけようと、彼に勧《すす》められて読んだ漫画や小説の話題を振ってみたが、はかばかしい答えは返ってこなかった。

そうして悪戦苦闘しているうちに時間は過ぎていった。

マキムラさんは立ち上がり、洗面所に向かうと歯を磨きはじめた。

その後、彼はおやすみを言うと、奥の二段ベッドのひとつに這《は》い込んでさっさと寝入ってしまった。ぼくは椅子に腰かけたまま、すっかり空になったグラスを見つめていた。暖房の点《つ》いていないこの部屋は底冷えがして、ひとりになると、それがますます意識された。

キッチンラックの最上段で埃《ほこり》をかぶった丸時計が、規則正しい音を立てている。奥の二段ベッドからは先ほどまでマキムラさんの鼾《いびき》が聞こえていたが、今は物音ひとつない。

ぼくはタブレットで漫画を読んだり、持ってきた文庫本を開いたりして時間を潰《つぶ》していたが、どうにも集中できなかった。しきりに立ち上がり、伸びをしては、またもとの椅子に腰かける。その動作を何度でも繰り返す。

再び立ち上がり、伸びをしてからぼんやりとその場に佇《たたず》んでいたとき、ふと、昔のことを思い出した。まだほんの子供だった頃、母より先に目覚《めざ》めてしまった休日は、こんな風にして、為《な》すこともなくリビングに突っ立っていたものだった。そこは薄暗く、ひっそりとしていて、人の気配は感じられない。時計の針の音が聞こえる。それしか音はない。ぼくは電気の点け方もわからずに、所在なく、ソファーの脇に立っている。閉じられたカーテン。全ての家具が暗がりの中で、セピア色に変色している。もう朝なのに、母はなかなか起きてこない。

薄やみの中、ぼくはいつまでも動けずにいる。

「あれ、まだ帰ってなかったんだ」

声がし、視線を向ける。ドアの前に風花さんが立っていた。

「始発待ち？」

その言葉に促《うなが》されてキッチンの窓を見ると、磨《す》りガラス越しに青白い光が滲んでいた。


駅までの道を風花さんと歩いた。思えば、風花さんとはファクトリーで二、三度会ったきりで、彼女についてぼくは何も知らなかった。いや、何もというのは嘘《うそ》かもしれない。ＳＮＳでは繋《つな》がっているのだから、表面的なあれこれは知っていた。でも、そうしたことにほとんど意味がないことくらい、ぼくにはよく分かっていた。

路上は吸殻《すいがら》や空き缶、酔っぱらいの吐《と》瀉物《しゃぶつ》で汚れていた。ぼくの横では、猫背気味の風花さんが、ひょこひょことバランスを欠いた、不思議な足取りで歩いていた。歩きながら、先夜のトリップについての感想を滔々《とうとう》とぼくに語りつづける。

「なんかねえ、最初は楽しかったんだけどさ、ある瞬間急に、急にだよ？　ずーんって自分の中に落ちていっちゃった」

「へえ、そんなもんなんですね」

「うん、それでね、気づいたら予備校の屋上にいたの」

「予備校の？」

「うん。それで私気づいたんだ。ああ、ここが私の居場所なんだって。ずっとずっと私は、ここにいたんだって……」

そう言うと、風花さんは顔をくしゃっと歪めた。

「でもその後が最悪でさあ、なんか、わけ分かんなくなっちゃった。ただもうやみくもに悲しくなって、嫌なことばかり頭に浮かんできて」

「マキムラさん、バッド入ってるって言ってましたよ」

「ああ、それでか」

駅に着き、電車を待っている間も風花さんは喋《しゃべ》りつづけた。電車の中で知ったことだが、風花さんとぼくは自宅の最寄駅が一緒だった。いつもばらばらに帰っていたから、そんなこともぼくは知らなかった。

「まだあるかなあ」

改札を出て少し歩き、大きな通りまで出ると、風花さんは辺りを見回して何かを探しはじめた。

「どうしたんですか？」

「いや、確かこの辺に――あ、あった」

見ると、道路沿いの、イチョウ柄《がら》の入ったガードパイプに立てかけるようにして、黄色に塗装《とそう》された一台の自転車が置かれていた。風花さんは自転車に駆《か》け寄ると、鍵《かぎ》を開けるようなそぶりも見せず、スタンドを蹴上《けあ》げるとそのまま自転車を押して歩き出した。

「鍵かけてないんですか?」ぼくは驚いて尋ねる。

「えっ、あ、そうかも。鍵とかすぐなくしちゃうし」

「でも盗まれません?」

「うーん、まあ、盗まれたらそれはそれで、って感じかな」

背後からの日差しを浴びて、風花さんの灰色の髪がいっとき、輝いて見えた。

「その時は諦《あきら》めるよ」

風花さんは振り返り、肩ごしにぼくを見て、笑う。

どこか遠くから、間延びしたキジバトの声が聞こえてきた。ランニングをする人々の軽快な足音が、近づいてはすぐに遠ざかっていく。

「どうしたの、ミズキ?」

ぼくは止めていた足を動かし、自転車を押す風花さんの隣へと急いだ。

2

目覚めるとすでに日暮れが近かった。遮光《しゃこう》カーテンの隙間《すきま》から西日が洩《も》れ、それが天井に青く波打っている。ぼくは電気も点けずに、枕許《まくらもと》のスマホを手に取るとSNSを開き、起き抜けで意識も曖昧《あいまい》なまま、タイムラインを過去へ過去へと、自分が寝入ってしまった時点まで遡《さかのぼ》りはじめた。それがもう習慣になっていた。

途中、風花さんの投稿《とうこう》を見つけ、指を止めた。

予備校の屋上で立ち尽くしていた時から、私は知ってたんだ。私は私になるしかないんだって。青空と電柱と不揃《ふぞろ》いなビルと、それが世界の全部で、いつだって私は、見えない海をおもってた。それが私の原点。そのことがようやく、私にはわかった

何を言っているのかよく意味が摑《つか》めないが、きっと昨日のトリップのことを書いているのだろう。イラストレーターでもある風花さんの普段の投稿は、いつもこんな感じだった。

ようやく目が覚めてきた。ベッドの上に起き直ると、ぼくは冷たい壁に背を預けた。ぼんやりと昨日のことを思い返しているうちに、別れ際の風花さんのことが頭に浮かんだ。

彼女が自転車を、鍵もかけずに一晩中放置していたという事実が、ぼくには今更のようにおかしかった。けれどそのおかしさには、どこか尾を曳《ひ》くような寂寥《せきりょう》があった。ぼくは再び身を横たえ、両手を頭の後ろに組んで天井を見上げた。自転車に、鍵かけずおく――ぼくは、脳裏に浮かんだ言葉をそのまま口にしてみた。

自転車に鍵かけずおくかの人の魂に指ひとつふれるな

拙《つたな》い歌だった。が、下句のぎこちない調べが舌から去らず、それをむりやり引きはがそうとでもするみたいに、繰り返しくりかえし、暗くなった部屋の中で、ぼくはその一節を口遊《くちずさ》んだ。指ひとつふれるな。たましいにゆび、ひとつ、ふれるな……。

3

ファクトリーに着いたときにはすっかり夜になっていた。

いつも鍵のかかっていない玄関のドアを、少しの逡巡《しゅんじゅん》ののち開いた。三和土《たたき》で靴を脱ぎ、来客用のスリッパに履《は》き替えて二階へと向かう。

ファクトリー――このマキムラさん達が暮らすシェアハウスは、三階建ての大きな一軒家だった。一階部分は車庫になっており、主に二、三階が居住スペースとして利用されている。屋上には小さな塔屋《とうや》があり、そこにも住人が暮らしていた。ファクトリーという呼び名は、いつだか遊びに来た美大生が、戯《たわむ》れにここをそう呼んだのが、そのまま定着してしまったものらしい。ある時はもっと簡単に、工場、と呼ばれたりもした。

リビングに入ると、入鹿《いるか》さんが銀色のバランスボールに覆いかぶさっていた。ふよふよと弾《はず》みをつけながら、不安定な体勢でスマホをいじっている。

「こんばんは」ぼくは声を掛けた。

「おぉミズキ、ひさしぶり」と彼はそのままの体勢で、ぼくを見上げて言った。

「あれ、マキムラなら今いないよ。なんかみんなと飯行くって。待ち合わせとかしてた?」

「ああいや、今日は勝手に来ました。もう連絡とか別にいいって昨日言われて」

「ははは、だろうね。あの人そういうの苦手だから」

入鹿さんはバランスボールから起き上がり、スマホをズボンのポケットに突っ込むと、ちらとぼくの顔を見た。すぐに目を逸《そ》らし、

「これから散歩行こうと思うんだけど、ミズキもどう?」

言い終わるときにはすでに入鹿さんはリビングから出かかっていて、慌ててぼくは彼の背を追いかける。

入鹿さんとはファクトリーで何度か顔を合わせていたが、二人で行動するのは初めてだった。入鹿さんはSNS上では有名な写真家で、街角の素朴《そぼく》な風景や旅先の自然を、ノスタルジックで印象的な写真に仕上げるのが得意な人だった。ファクトリーにはたびたび出入りしていたが、住人という訳ではなく、ホテルや友人宅を渡り歩いているようで、たまにしか会うことはできなかった。

「あれ、いつものカメラどうしたんですか?」彼が手ぶらなのを見て、ぼくは言った。

「売っちゃった。マジで金なくてさ」

「大丈夫なんですか?　仕事道具ですよね」

「ま、なんとかなるよ」

高架《こうか》沿《ぞ》いの道を入鹿さんはずんずん進んでいく。高架沿いには飲み屋やスナックが立ち並び、酔客《すいきゃく》の声があたりには溢《あふ》れている。

と、入鹿さんは足を止め、高架を見上げた。遠くから電車の近づいてくる音が聞こえる。入鹿さんはその場を離れ、人気のない通りに入ると、高架に向けてスマホを構えた。

「何してるんですか?」思わずぼくは尋ねた。

けれどすぐさま、シッ、と注意され、ぼくは押し黙る。電車の響きが間近に迫り、入鹿さんは動画の撮影ボタンを押した。

電車が去るとスマホをしまい、彼はまた歩き出す。

「おれさ、ああいう景色が好きなんだ。どう説明すりゃいいのかな、定点観測みたいに、一方では動かない建物があって、一方では人が、電車が、ネオンが、雲が、刻一刻と移り変わっていく。それをただ眺めてるのが良いんだよ。人の営みからは離れた所で……」

時々高架を仰いでは、彼は語を継いだ。

「写真とは別にさ、そうした動画撮って後から見返すと、なんとも言えず和《なご》むんだよね。永遠に見ていられる」

それからも入鹿さんは、自販機のイルミネーションが点灯する様子や、壊れて点滅する街灯などをスマホで撮影しつつ、ひたすらに歩きつづけた。その間会話らしい会話もなかったが、ぼくは入鹿さんが撮影に熱中している姿を間近に見られるだけで満足だった。

やがて、ぼくらは隅田《すみだ》川《がわ》へと行き着いた。よく整備された河川敷に下りると、川の流れに沿ってぶらぶらと歩き出す。対岸のネオンが川面を照らしていた。ネオンは鮮やかな色彩に還元され、暗い川の上で砕《くだ》かれつづけた。

「ミズキは――どういう時に詩を書くの？」出し抜けに入鹿さんが言った。前を行く彼の半身が、ネオンの照り返しを受けてうっすらと、赤く染まって見えた。

「なに考えながら詩を書いてる？」重ねて彼は問う。

ぼくはその時、入鹿さんがぼくを散歩に連れ出した理由が分かった気がした。

この手の質問は、もう何度もなされてきた。ぼくが詩人と名乗ると、あるいは人からそう紹介されると、大抵は好奇の眼差しと共に、こうした問いは発せられた。

「どういう時……というか、詩を書くことそのものが、ぼくにとっては、世界に価値を与える行為なんです。だから、確認みたいなものなんです、自分が生きてもいいってことの。詩がなければ、世界にはこれっぽっちも価値なんてありませんから」

しかし、入鹿さんからの質問は、これまでぼくがされてきたような、ただの好奇心からのものとは違っていた。彼は一人の創作者として、ぼくに問いを投げかけている。だからぼくも、いつもとは違いはぐらかそうとはしなかった。

「まあ、詩を書いてるときは何も考えてなんていませんけどね。なんか、記憶とか、いま目の前にあるものとかから言葉を引っ張ってきて、それで書くんです。それだけなんです」

「そうなんだ」と入鹿さんはあっさり答え、

「おれの場合はさ、ただ欲しいだけなんだよ。おれがちょっとでも良いと思ったり、綺麗だと思った風景が。それを記憶に仕舞い込むだけじゃ足りなくて写真に撮る。我慢《がまん》ならないんだ」

入鹿さんは川沿いの柵に手を置き、立ち止まる。「それで承認欲求も満たせるんなら一石二鳥だしな」

ぼくの方を見、ヘラッと人懐こい笑みを浮かべる。

「ミズキはネットに上げた詩がめっちゃイイネされてる時とかって、どんな気分？」

ふいに張りつめていた空気がゆるみ、ぼくは気が抜けて半笑いになりながら答えた。

「どんどん数字が増えていって、それが面白くてひとりでウケてます」

「あはは、だよね。わかる。やっぱそうだよね」

柵に手で触れながら、入鹿さんはまた歩き出す。

「みんなに褒められる作品なんてどうしようもないんだけどね」

口疾《くちど》に呟くと、入鹿さんは溜め息をついた。自分に言い聞かせるような、底籠《そこご》もる響きがその言葉にはあった。先を行く彼の表情は見えない。ぼくは返事に困って黙り込む。

結局その日は、ファクトリーに戻ってからもマキムラさんと会うことは出来なかった。

4

昨日無職の山崎くんと一緒に夜の街を歩いてたら、道端にしゃがみ込んだ女性を男性が介抱してて、それを見た山崎くんがいきなり「お、れいーぷか?」って真顔で言い出して怖かった。生まれてから一度も人のやさしさに触れたことがなさそう

その日一コマだけ入っていた講義を受けながらＳＮＳを眺めていると、マキムラさんの

投稿が流れてきた。退屈な講義を聞き流し、なおもタイムラインを辿《たど》っていくと、今度は風花さんのアップロードしたイラストが目に入った。

夜の海岸道路を歩くひとりの少女。少女は旧式のセーラー服を着、顔を海へと向けている。その横顔からはどんな感情も読み取ることはできない。靴は履いておらず、白いソックスが闇の中に浮かび上がって見える。そして彼女の描く少女の多くがそうであるように、その頭上には光輪が——天使の輪っかが——ぽっかりと浮かんでいた。

ぼくは画面の縦向きロックを解除し、スマホを横にしてイラストを仔細《しさい》に眺めた。背景は実に緻密《ちみつ》で、街灯に照らされた道路の質感までもが細かく描き込まれていた。あるいは、実際の写真を加工して作られたものなのかもしれない。

そうした背景に埋もれることも、また浮くこともなく、危うい均衡を保ちながら、少女はひとり絵の中に立っている。風花さんの描く少女の顔には、あまり特徴がなかった。こう言ってよければ、アニメ・マンガ的な少女の、最大公約数の顔がそこにはあった。均整がとれていて、美しく、平面的。だが、かえってその無個性が、見る者を彼女の描く世界に引き込んだ。そこには押しつけがましい所がなく、各人好き勝手な感情を、絵の中に託《たく》すことができた。

ここまで考えて、ぼくの中に疑問が湧いた。なぜぼくはこんなにも風花さんのイラストに拘《こだわ》っているのだろう。特別彼女のファンという訳でもない。彼女のイラストは嫌いではないし、それ以外の投稿も面白く読んではいたが、熱心に追いかけるほどではなかった。

脳裏をよぎるのは、やはり一昨日《おととい》の光景だった。ぼくより三、四歳は上のはずなのに変なお茶を飲んで正体もなく酔っぱらい、泣きわめき、翌朝にはケロッとした顔で、その体験を得々と語り出す。それに、鍵をなくすからと自転車に施錠すらしない無精《ぶしょう》ぶり。かと思えばあのような作品を描き上げ、数多くの案件を抱える有名イラストレーターでもある。

その時、肩を叩かれていることに気づいた。首をまわすと、右隣の男がコメントペーパーの束をぼくの前に突き付け、ひらひらと揺《ゆ》らしていた。慌てて受け取ると、一枚を手許に置き、残りを左の学生へと手渡す。もう講義終了の十分前になっていた。

おぼろげな記憶を元にコメントをでっち上げ、ぼくは再び風花さんのことを考えようとした。だがうまく焦点を結ばず、思考は退出しはじめた学生たちの雑踏《ざっとう》にまぎれ、脆《もろ》くも掻《か》き消されていった。

校舎を出ると、街は黄昏《たそがれ》時の、うすぼんやりした光に包まれていた。今日は土曜日だからか、帰宅を急ぐ学生の数も少ない。ぼくは連れもなく、時々スマホに目を落としながら、駅への道をゆっくりと進んでいく。

途中、ファクトリーに行こうか迷った。今日行けば、三日連続ということになる。これまでは週末や学校帰りに、気が向けば訪ねていたという程度で、全く顔を出さない週もあった。けれど今では、三日にあげずファクトリーに通っている。ぼくには他に行く場所も、会う人もなかった。

思えば、上京してから半年の間に、ぼくは多くの人とSNSを介して会ってきた。大学で友人を作ろうという気は、端からなかった。一から自己紹介をし、徐々に交友を深め、お互いのプライベートな領域を明かしていく、なんて過程を踏むのは億劫《おっくう》だったし、第一、ぼくは自分が詩人であるという事実を、「普通の人」に受け入れてもらえる気がしなかった。文芸サークルに入るという手もあったが、それも気が進まなかった。ぼくは大学入学時には詩の新人賞を受けており、詩集の出版も決まっていた。そんな状態で、和気藹々《わきあいあい》と創作を楽しむ学生たちの間に交じれるとは到底思えなかった。

その点、SNSを経由して人と会う際には、どんな気遣《きづか》いもいらなかった。ぼくが詩を書くことも、普段なにを見、なにを感じているかさえ、相手は先刻承知済みなのだ。「普通」を装う必要はなかった。むしろ、ぼくの「普通」じゃない部分にこそ、相手は好意的な関心を寄せてくれている。

そうした気楽さから、ぼくはSNS上でのみ繋がっていた人たちと、やがて積極的に会うようになった。俳人《はいじん》やアニメオタク、大学院生にサラリーマン、中には心を病んでいる人も、前科を持っている人もいた。会って何をするでもなく、共に食事をし、後はそこらをぶらぶらと散歩するだけだったが、SNSでの共通の知人の噂話に興じたり、日々の雑感について語り合ったりしながら、東京の街を練り歩くのは楽しかった。

大抵は一度きりの関係で、個人的な連絡先を交換したり、再び会ったりということはなかった。ぼくはそれで満足だった。相手の事情に深く立ち入る気も、自分をさらけ出すつもりもない。お互い分かり合おうとも思わない。ただ、一時すれ違えればよかった。足を止め、目を見交わし、言葉を交わし合う。じゃ、と言って、あとは別れ別れになる。ぼくはその一瞬が欲しかった。それ以上の関係は、ぼくには過ぎたるものだった。

大学に通う傍《かたわ》ら、ぼくはＳＮＳの人たちと会いつづけた。

そしてある夏の日の夜、ぼくはファクトリーへの招待を受けることになる。

5

そもそものはじまりは、一通のＤＭだった。

こんばんは！　今度よければマキムラくんの家に遊びにいきませんか？

それはＳＮＳで繋がっていたとある音楽ライターからのもので、一度も会ったことはなかったが、共通の知人を通してなんとなくお互いについては知っていた。彼がマキムラさんの古くからの友人であることも事前に聞き及んでいた。ぼくはすぐに快諾《かいだく》した。

その後、日程調整に関する連絡を何度か交わしたが、うまくお互いの予定が合わなかった。もう大学は夏季休暇に入っていたが、ぼくには近々田舎へ帰省する予定があった。それでこの話は流れそうになったが、ふと、彼はこんなことを言って寄越した。

ところで、マキムラくんは今夜来れそうなら来てもいいよって言ってるけど、どうする？　僕は行けないから、ミズキさん単身でってことになるけど……

時刻は既に二十時を回っていた。これからよその家に、しかも初対面の相手の家にひとりで向かうのは、何か度外《どはず》れた行いのように思えた。が、今を逃せば、マキムラさんと会う機会を永遠に逸《いっ》してしまう気がし、ぼくは急いで身支度をはじめた。

⁂

「やぁ、君がミズキ？」

駅を出ると、周辺の地図が記された看板の前に、マキムラさんは立っていた。事前に打ち合わせた通り、手にはエナジードリンクの缶を握《にぎ》っている。彼はくたくたになった白い開襟《かいきん》シャツを着ていたが、その色は夜空の下で際立って見え、どこかやくざな風貌《ふうぼう》を彼に与えていた。隣には眼鏡をかけ、パーマの髪を首許まで垂らした長軀《ちょうく》の美青年が立っていた。彼は終始無言で、なぜマキムラさんと一緒にいるのかよく分からない。

マキムラさんに促されて少し歩くと、路肩に黒い車が停められており、それに乗るよう合図された。運転席にはでっぷりと太った四十絡みの中年男が座っていた。三人が乗るとすぐさま車は発進し、状況を摑めないぼくもろとも夜の街をなめらかにすべっていく。

車の中で交わされたマキムラさんと中年男の会話を綜合《そうごう》すると、ぼくがこれから連れて行かれるのは「工場」という名の場所らしい。そこには複数の無職たちが暮らしており、いまも皆でテレビゲームに興じているという。ぼくはますます混乱した。そもそも、ぼくはマキムラさんが一人でアパートなりに暮らしているものだとばかり思っていた。事前の連絡では、彼がシェアハウスに暮らしていることを窺《うかが》わせる内容など一切なかった。

ぼくは、自分がなにか途方もない間違いを犯《おか》し、今まさに見知らぬ国へ拉《ら》っし去られている最中でもあるかのような錯覚に襲われた。

しかし、五分と経たぬうちにあっけなく車は目的地に到着した。

「それじゃあ、ミズキくん？　だっけ。まあ楽しんでいってよ。変な連中ばかりだけどさ」

結局、名も素性も分からずじまいだった中年男は、ぼくらを家の前で下ろすと、颯爽《さっそう》と車をUターンさせ、元来た道を去っていった。

「あの人、ファクトリーの元締《もとじ》め。ま、ここに来てればいずれまた会うよ」

ぽつり、とマキムラさんは言った。


それからぼくが体験した出来事は、一種、熱い靄《もや》に包まれたものとして、ぼくの記憶に刻まれている。

大量のシューズが脱ぎ散らかされ、得体の知れぬ段ボールが積み重なった玄関を抜け、ぼくはマキムラさんの後を追って階段を上がっていく。上階からはすでに、複数人が発する無邪気な笑い声が聞こえてくる。ふと、踊り場の窓を見た。ゲームのキャラクターを模したフィギュアが、そこにはずらりと並んでいた。照明のもとで、その上に降り積もる淡い埃の層までが、何故だかぼくの目にははっきりと映っている。

リビングの前まで来たマキムラさんは、廊下とリビングを隔てる扉を開け放った。

ぼくの目に飛び込んできたのは、どこか懐かしい光景だった。テレビを前にした二人の青年が、コントローラーを握って何かのゲームをプレイしている。画面を見ただけで、それが数世代前のレトロゲームだということが分かった。その後ろでは、さらに二人の男が、思い思いの格好で画面を眺めたり、手許のスマホに目を遣《や》ったりしている。

「お客つれてきた。ほらミズキだよミズキ、詩ぃ書いてる」

マキムラさんは言いながら、ずんずんリビングへと入っていく。ゲームをやっていた二人は、おー、と答えただけで、画面から目を離そうとしない。

紹介されてから気づいたが、後ろでゲームを見ていた二人と、ぼくはSNSですでに繋がっていた。一人はたまたま遊びに来ていた写真家の入鹿さんで、もう一人はこのシェアハウスの最年長者であり、実質的な管理人とも言える小説家のモリヤさんだった。ゲームをしている二人は、それぞれ山崎、スイレンという名前であることが、話を聞いていて分かった。また、駅までマキムラさんと来ていた長髪の美青年の名は、ネジというらしい。最初なんのことだか分からなかったが、それが彼の呼び名らしかった。

ぼくはビーズクッションを借りると、そこに背を埋《うず》めて座り込んだ。何をするでもなく、モリヤさん達の会話に耳を傾けたり、テレビゲームの画面に目を注いだりする。まるで、親戚の家にでも遊びに来たような感じだった。山崎さん、スイレンさん、ネジさんの三人は完全な無職であり、暇さえあればアニメを見たり、ゲームをしたりして毎日を過ごしているらしい。ある意味、このシェアハウスを象徴するような三人だった。

ぼくはこのような場所が——何をなす必要もなく、ひたすら無為に身を預けていても許される空間が、誰はばかることなく存在しているという事実に、ふしぎな安らぎを覚えていた。

テレビに意識を戻すと、先ほどまでのレトロゲームとは打って変わって、画面はめまぐるしく動き回るキャラクターによって活気を帯びていた。それは、ぼくが中学生の頃に流行していた対戦アクションゲームで、最近新作の発売が告知されていたことを思い出した。

画面に見入っていると、いつの間にかゲームに参加していたマキムラさんが、コントローラーを操作する手を休めることなく、「ミズキもやるー?」と声を張り上げた。

「あ、やります」ぼくは咄嗟《とっさ》に答えた。

「いいねぇ」と最初に敗退し、試合の流れを見守っていたスイレンさんが言った。「ミズキはやったことあるの?」

「はい、子供の頃にちょっと」

「何使い?」

ぼくは昔よく使っていた剣士のキャラクター名を答えた。いいねぇ、と再び彼は言い、

「ここではゲームうまい人が正義だからねぇ」

のんびりした口調ながら、その目は不敵に光っていた。

「ミズキはまだ修行が足りないな」と言ってマキムラさんはコントローラーを置いた。

結果は散々だった。子供時代には負け知らずだったこともあって多少の自信はあったが、そんなものは無意味であった。まぐれ勝ちはあっても、一対一で本気でやりあったなら住人の誰にも勝てる気がしなかった。意外だったのは、無口なネジさんが一人だけ次元の違

う強さを見せたことである。どうやら、ファクトリーで一番ゲームがうまいのはネジさんらしかった。それで、彼が住人からネジさん、ネジさんと敬意を持って遇されている理由が分かった。物腰が穏やかで、どこか大型の草食動物を思わせるところのあるネジさんだったが、ゲームとなるとまるで別人のように俊敏な指捌《ゆびさば》きを見せ、思うがままにキャラクターを操ってしまう。

「さて、寝るかの」と言って、ネジさんは一人さっさとリビングを後にした。

時計に目を遣ると、すでに零時を回っていた。

次に立ち上がったのはスイレンさんだった。

「今日はねむいから部屋もどるね、みんなおやすみぃ」

それに続いて山崎さんも、俺も風呂入って寝るわ、と言って座を立った。

途端に部屋はしずかになった。

マキムラさんはモニターの入力を地上波に切り替え、深夜アニメが放送されているチャンネルに合わせた。見知らないアニメの、見知らない物語が途中から流れ出す。

「ミズキは電車大丈夫？」とマキムラさんが言った。

「ああ、今日はもう始発で帰るので大丈夫です。学校も夏休みなので」

「ミズキくんて大学生？」バランスボールに座っていたモリヤさんが言った。

ぼくは居住まいを正し、

「そうです。いま一年です」

「え、てことは未成年？」

「まあ、一浪してるんで今は十九ですね。ちょうど今月末で二十歳になります」

「へー、若いなあ」

「期待の新人ですよ」とマキムラさんがこちらに首をまわして言った。

「あーそういえば今度詩集出すんだってね、見たよ告知」

「そうなんですよ。それでちょっとご相談があるのですが……」

そしてぼくは、今度出す詩集の帯に推薦文を書いてくれないか、といった話をした。ぼくは当時、ＳＮＳで繋がりのあった作家やクリエイターに詩集の帯文を書いてもらうという計画を編集者と練っていた最中であり、この際内諾《ないだく》を得ておこうと思ったのだ。これは一種夢のような話で、結局実現には至らなかったが、この場でモリヤさんには承諾してもらうことができた。そのまま話は詩歌一般のことに移っていった。

ふと、後ろから途切れ途切れに、鼾のような音が聞こえてくることに気づいた。ふり向くと、リビングの隅で毛布にくるまった入鹿さんが寝息を立てていた。テレビを見るとちょうどアニメのエンディングが流れていた。もうすぐ深夜の二時になる。大分モリヤさんと話し込んでしまっていたらしい。

モリヤさんはバランスボールから腰を上げ、パキパキと音を立てながら首をまわした。

「それじゃ部屋戻るから、最後ここ出る人は電気消しといてね」

そう言って彼はリビングを出かかったが、ドアを閉める前にこちらを振り返り、

「ああミズキくん、気が向いたらまたおいでよ。玄関はいつでも開いてるからさ」

とぼくに声を掛けていった。

通販番組がはじまったテレビを消し、マキムラさんも立ち上がった。そしてぼくを見、

「俺の部屋来る?」と言った。「もしまだ眠くなければ」


マキムラさんの居室は、四畳半にも満たないこぢんまりしたものだった。窓際に黒いソファーがひとつと、稀覯《きこう》本やアンティークドールなどが飾ってあるショーケースがひとつ。彼の部屋にあるものといえばそれくらいだった。床には真っ赤な絨毯《じゅうたん》が敷かれ、髪の毛ひとつ見当たらないほどに清められている。ぼくはマキムラさんのやくざな風貌と、この部屋のゴシック趣味との対照に内心驚きながら、促されるままソファーに腰を下ろした。

「本とかはこっち」

彼は壁に掛けられていた黒のカーテンをさっと開いた。そこは押入れになっており、古い名作マンガやSF小説、ミステリーや写真集など、あらゆるジャンルの本が所狭しと並んでいた。しかもよく見ると、一冊一冊が、透明なブックカバーによって保護されている。マキムラさんはその中から大判の写真集を一冊抜き出し、ぼくに手渡した。

「これいいよ。ミズキも好きそう」

　本を受け取り、膝の上でパラパラと捲ってみる。そこには建築物の廃墟らしき写真ばかりが数十点、モノクロで収められていた。廃墟マニア向けの通俗的な写真集なら本屋でもよく見かけるが、これはそれらとは違い、もっと本格的なものに思えた。劇場や要塞、発電所など、世界各国の建築の残骸が、感情を排した厳格な構図の下で写し出されている。

　奥付を確認すると、もう三十年以上も前に刊行されたものだと分かった。

「いいですね、これ」ぼくが言うと、

「うん、いいよ」とマキムラさんは言葉少なに答える。何かこの本に対する解説があるものと期待したが、特にそれはなく、彼はスマホをいじり出してしまった。仕方なく、またぼくは廃墟の写真に目を落とす。

　一体、この人はどんな生活を送っているのだろう。絨毯に座る彼の、ぼさぼさに乱れた茶髪にちらと目を遣りながら、思った。マキムラさんはぼくより五歳は年上だったが、何で食っているのか、まるで分からなかった。そもそも、何をしている人なのかすら、よくは分からない。少なくとも彼に、サブカルチャーからアングラカルチャーに至るまで、年齢に似合わぬ膨大な知識があることだけは確かだった。彼は薬物などを題材にした記事をネットに上げるかと思えば、雑誌に新作マンガやアニメのレビューを書き、さらには謎の人脈によって、有名クリエイターへのインタビューを敢行《かんこう》したりしていた。

彼の書く文章には独特の飄逸《ひょういつ》さがあり、それによって彼は、SNSの一部の界隈では名が通っていた。ぼくもそんな彼の文章が昔から好きであり、だからこそ今日もこうして、のこのこと彼の住む家にまでやって来たのだった。

SNSでお互いをフォローし合っているという、ただそれだけの絆を頼りにして。

6

結局今日も来てしまった。ファクトリーまでの暗い夜道を辿りながら、悪所通いを止められぬ男のようにぼくは考える。はじめてあの家を訪れてから、もう二ヶ月余りが経つ。通いはじめの頃は、玄関のドアを開けるのさえ怖かった。家の周囲を歩きまわり、挙句近くの公園まで足を運んで、そこのベンチで覚悟が定まるまで、じっと街灯に目を据えていたときもあった。今ではそれも遠い昔のことに思える。

ファクトリーに着くと、車庫に見覚えのない白いバンがとまっていた。来客だな、と思いリビングへ上がったが、誰もいない。ぼくは荷物を置くと、上階の応接間に行ってみた。

部屋に入った途端、アルコールと体臭の入り混じった臭いが鼻を衝《つ》いた。薄暗い応接間は人でごった返していた。みな思い思いに酒を飲み、誰が作ったのか大皿に盛られた大量の唐揚げをパクついたりしている。いつもの住人にまじって、二、三の見知らぬ顔があった。ぼくはマキムラさんを探し当てると、近づいていった。

「こんばんは」

「おお、今日はいいときに来たね」と彼は缶ビールを呷《あお》りながら言った。

「お客さんですか？　たくさん人いますね」

「うん、たまたまかち合っちゃってさ」

改めて室内を見回す。合わせて十人近くはいるだろうか。ちょっとしたパーティー会場のような有り様だった。

「ほら、あのロン毛の人は」とマキムラさんは、ぼくの耳に口を近づけて囁《ささや》く。

「バンドやってる人。来たいって言うから連れてきた。ミズキのことも知ってるらしいから、話しかけたら喜ぶと思うよ。んでテーブルでパソコンいじってるのがエンジニアの人で、動画サイトの開発とかにも関わってる。いまは成功しちゃったけど、昔はモリヤさんと一緒にここと別のシェアハウスに住んでたんだ。それで……」

マキムラさんは、部屋の隅で住人たちと上機嫌に話している色白の男を目で示した。

「あの人、針間《はりま》って言うんだけど、車中泊しながら日本中あちこち巡って、お茶の布教してるんだ」

「お茶ですか？」

「このまえ風花がラリって大変だったやつ。あれここに持ち込んだのが針間さん。メンタルーって言って、ああならないようにお茶やってる人を誘導したりとか、まあ、そんなことやってる人」

「へぇ」

「悪い人じゃないんだけど、完全にイッちゃってる」

マキムラさんは、言葉とは裏腹に楽しげな笑みを浮かべた。

「ま、ミズキの詩のファンとか言ってたから、話してみたら？　人生経験だと思って」

言うが早いか、針間さーん、と彼は部屋の隅に呼びかけた。

「はいはいっ」

妙に小気味いい返事と共に、男が近づいてくる。

「彼がさっき言ってたミズキ。詩人の」マキムラさんは、ポンとぼくの肩を叩いた。

⁂

トイレの個室に避難したぼくは、着衣のまま便座に腰かけ、うなだれた姿勢でスマホをいじっていた。深い疲労が、肩から胴を通り、下腿《かたい》部まで流れ落ちていくのを感じる。チエシャ猫のような笑いを顔に貼りつけた針間という男は、いきなりぼくに握手を求め、開

ロ一番、

「ミズキさんは言葉に色が見えますか？」

と言ってきた。

返答に窮《きゅう》しているところに、矢継ぎ早に似たような問いが重ねられ、困り切ったぼくは、目でマキムラさんに助けを求めた。しかしいつの間にか彼の姿はなく、すでに別の場所で客人たちと歓談中らしかった。頭の後ろから、マキムラさんの低い笑い声が聞こえてくる。ぼくはそれをうらめしく思いながら、男の要領を得ない質問に根気よく答えていく……。

そしてやっとのことで話を切り上げ、逃げるようにトイレに駆け込んだのだった。もう応接間に戻る気はしなかった。終電にはまだ間がある。今日はそろそろ引き上げようと思い、トイレを出ると荷物を取りに階下のリビングへ向かった。

リビングの戸は開け放たれており、中から人の気配がした。廊下から様子を窺うと、コタツの前に腰を下ろしたスーツ姿の肥満した男が、ゲームのコントローラーを手にテレビに対《むか》っていた。目を瞬きながら背を丸めている男の姿からは、そこはかとないユーモアすら感じられたが、そんなことを言ってよい相手ではないことをぼくは知っていた。

そのとき、彼がぼくに気づいた。彼は柔和《にゅうわ》な笑みを浮かべた。

「お、ミズキじゃん。どう、上は盛り上がってるみたいだけど」

「いやあ、すごい盛況ぶりで、逃げてきちゃいました。猊下《げいか》は上行かないんですか？」

「僕はいいよ。今日はちょっと寄っただけだし」

彼はテレビに向き直り、ゲームの操作を再開する。廊下に突っ立っていても仕方がないので、ぼくもリビングに入り、彼の後ろに足を崩して座った。

画面に目を向けると、それはぼくでも知っている作品だった。自分でやったことはないが、モンスターを育成し他のモンスターと戦わせる、確かそんな内容だった。もう大分昔のゲームだ。

「急にこれがやりたくなってね」

彼は言い、ふふっ、と鼻から愉快げな音を出した。

彼は、ファクトリーの住人からは猊下と呼ばれていた。それが敬称なのか、それともハンドルネームのようなものなのか、ぼくには分からない。はじめてマキムラさんと会った夜、彼はこの人のことをファクトリーの元締めだと言っていた。それに、マキムラさんの言っていた通り、ここを訪れるうちに猊下とは何度となく顔を合わせることになった。彼は深夜、ふらっとファクトリーを訪れては、一言二言住人と言葉を交わし、またすぐに去っていく。そんな存在だった。どうやら、このファクトリーと呼ばれる建物は、彼の名義で契約されたものらしく、他にも、彼は都内に複数のビルやマンションを持っているという噂だったが、詳しいことは分からない。というのも、どの住人に尋ねても、彼についての確かな情報は得られなかったためだ。みな意図的に言葉を濁《にご》しているというより、本当に詳しくは知らない様子だった。

しばらく無言の時間が続いた。ぼくが立ち上がりかけたとき、猊下が口を開いた。

「ミズキはどう、もうここには慣れた？」

ぼくはまた腰を落ち着け、ええ、もう大分、と答えた。

「いやね、いい機会だし、ここがどういう場所なのかミズキに話しておこうかと思ってね」

猊下は画面に顔を向けたまま言った。ぼくが返事をする隙も与えず、彼は気楽な調子で喋り出す。

「ま、ミズキも薄々気づいてるとは思うんだけど、工場、というか僕が関わってるこのへんのシェアハウスって、言うなればゴロツキの溜まり場なんだよね。半カタギ、遊び人、吟遊詩人……要するに一芸に秀でたアウトサイダー。そういった得体の知れない奴らが出たり入ったりしてるのが、僕のやってるシェアハウスなんだ」

猊下はこちらに首をまわして、ニッと微笑んだ。

「でね、工場は上澄みなんだよ。きまり守れない奴とか、家賃払えない奴、ここに適応できなかった住人は、どんどん底の方に落ちていく。そういう仕組みになってるの。もちろん、僕は見捨てたりしないよ。どんなどうしようもない人間にも、僕は一定の役割があると思ってるからね。ミズキは行ったことないだろうけど、避難所とか、野戦病院とかって名前のタダで泊まれるシェアハウスがいくつかあって、そこを紹介するんだ。そっちに移ってもらう」

彼は言葉を切り、立ち上がって冷蔵庫に向かった。扉を開け二リットルサイズのダイエットコーラを取り出すと、そのまま喉を鳴らして飲みはじめる。やがて大きなげっぷをひとつし、テレビの前に戻ってコントローラーを取ると、彼は話を再開した。

「ここに住んでる無職たちってさ、無職だけど実家は裕福だったりするんだよ。だから暮らしていける。割と家賃も高いのにね。ネジ、山崎、スイレン、あのへんは何ができるってわけでもなく、ただ無職に徹してるだけなんだけど、それが良い緩衝《かんしょう》材になってるんだ。彼らがいるおかげで、異能たちも安らげるってわけ。ほら、モリヤとかマキムラって純粋に異能だからね。あとたまに来る入鹿とか。ああいう異能だけだとシェアハウスってすぐ破綻《はたん》するんだ。だから良くも悪くも、のんびりした住人が必要なわけだよ」

ぼくは猊下の言葉に相槌を打ちながら、彼がなぜこんな話をぼくにしているのか訝《いぶか》しく思った。リビングに下りてから一時間は経っているはずだが、未だ上階からは騒がしい笑い声が間歇《かんけつ》的に聞こえてくる。その時もふいに笑い声が高まった。だが潮が引くように、すぐに声は聞こえなくなる。するとリビングはテレビから流れる陽気なBGMで満たされる。彼は話している間にも、一時も手を休めることなくゲームをプレイしつづけた。何体ものモンスターが鍛えられ、彼の手で戦場へと送り出されていった。彼はこのゲームの全てを熟知しているらしかった。ぼくは彼の洗練されたプレイングが、だんだんと不気味なものに思えてきた。

「僕がなんでシェアハウスに関わったり、そこに出入りしてるかなんだけど、ま、要は事業のためなんだ。異能ひとりが何かやったってどうにもならない。でも、そこらへんをうろついてる異能A、B、Cを捕まえてきて、その能力を一つにして何かを作らせたら、ほら、それはもう事業だよ。お金になるし人助けにもなる。僕がしてるのはそういうこと。異能を使って社会をバグらせるのは楽しいしね。あ、それで言うとマキムラは特殊なんだ。彼はトリックスターだね。色んな所から人材をファクトリーに引っ張ってきて、普通なら繋がらないはずの人間同士を繋げたりする。はじめてマキムラが君を連れてきたときも、お、またかって思ったよ。いつもだったら、そうやって連れて来られた子はすぐにいなくなっちゃうんだけど、ミズキは割と長持ちしてるね。ここって結構排他的だから、肌に合わないと居づらいみたいなんだ」

彼は体ごとこちらを向き、射るような目でぼくを見た。だが次の瞬間には破顔し、大げさに首をかしげながら、

「カタギに見えるんだけどなあ。大学にもちゃんと通ってるみたいだし。なんでここに適応できたんだろうねぇ。詩人だから?」

ニコニコと問い掛ける。ぼくは窺下から距離を取ろうと、無意識に身をのけぞらせている自分に気づいた。

「あんまミズキに絡まないでくださいよ」

開け放たれたドアの前にマキムラさんが立っていた。

「お、そろそろお開き？」おもむろに猊下は腰を上げる。ぼくも立ち上がり、二人を見た。

「ええ。お客はみんな二段ベッドで休んでます。今日は何か用事でも？」

「いやいや、ちょっと立ち寄っただけ。もう帰るよ、片づけないといけない案件もあるし」

猊下はぼくを見、んじゃお疲れ、と言って廊下に出た。マキムラさんもそれに続いて廊下に出ると、後ろ手にドアを閉めた。

廊下から、二人の囁くような話し声が聞こえてきた。

「あの人、若者を捕まえて長話するのが趣味だから。なんか変なこと言われなかった？」

しばらくして、一人でリビングに戻ってきたマキムラさんは言った。

「いや、ゲームとかシェアハウスについてとか適当に喋ってただけなんで」

ぼくは、先ほど聞いた話をマキムラさんには伝えない方が良い気がし、お茶を濁した。

「そっか、ならいいんだ」

マキムラさんはクッションに身をうずめた。ひとつ溜め息を吐き、途中のまま放り出されたゲーム画面を見ながら、

「猊下はホラ吹いたり難しいこと言って人を操ろうとするから、気ィ付けた方がいいよ」

と言った。

「あー、はい」

判断は保留にし、ぼくは取り敢えず言っておいた。

「それはそうと」マキムラさんは身を起こし、スマホを取り出しながら口速に言った。

「今度トークイベントやることになったんだけど、ミズキも出ない？　ゲストで」

「はあ、イベントですか」

突飛な話だった。ぼくはカーペットに座り、マキムラさんの顔をまじまじと眺めた。だが、彼の視線はスマホに注がれていて、目が合うことはなかった。

「丁度詩集も出たばっかだし、いい宣伝になると思うよ。物販で売ってもいいし」

「どんな人が出るんですか？」

マキムラさんは、ＳＮＳの似た界隈で活動している漫画家や作家の名前をいくつか挙げ、みんなここによく来てた人だよ、と言った。

「ミズキもフォローしてるでしょ？　まあ、特に企画があるとかって訳じゃなくて、インターネットの変な人たち集めてだらだら喋るってだけのイベントだから、気楽でいいと思うよ。ミズキの出番は一時間くらいだし。どう？」

ぼくの返事は最初から決まっていた。駆け出しの詩人にとって、このような機会は滅多にないものだった。詩人が、詩作のみで金を得ることの困難さに、ぼくはうすうす気が付いていた。もし詩人としてやっていきたいのであれば、ぼくはどんな場所にでも入り込み、名前を売っていく必要があった。

その日は明け方までマキムラさんと話して過ごした。イベントのこと、知り合いのこと、ネットのこと……。取り留めのない話ばかりだったが、はじめて彼とまとまった時間、言葉を交わしたような気がした。

7

二週間後、ぼくはトークイベントの会場に向かっていた。時間は二十三時に近い。そのイベントは深夜からはじまり、始発が動き出すころに終わるというスケジュールだった。

会場は商店街の中ほど、小さな雑居ビルの地下にあった。階段を下り、重たい扉を開く。受付で名前を告げ、登壇者であることを示すテープを袖に貼り付けると、ぼくは中を進んでいった。そこはバーを併設したライブハウスといった趣きで、今日はちょっとした料理も提供されるため、フロアには椅子とテーブルが出されていた。見たところ、百人くらいは収容できそうだった。

会場にまだ人気はなかった。時おり、スタッフが誰かに指示をする声が聞こえてきたが、あらかた準備は終わってしまった後なのか、それも途切れがちだった。

客席の隅に、壁に寄りかかってスマホをいじっているマキムラさんの姿があった。彼はすぐにぼくに気が付き、ミズキ、と声を掛けてきた。ぼくは反射的に笑みを浮かべ、いそいそと彼に近づいていった。

⁂

深夜一時を過ぎているというのに、会場の熱気は甚《はなは》だしいものだった。客席を見渡すと、奥には立ち見ができていた。

いざ壇上に出てしまうと、あまり緊張はしなかった。ゲストということもあり話は他の出演者が振ってくれたし、マキムラさんをはじめ、出演者とはＳＮＳで昔から繋がっていて、どこか顔見知りと話しているような気安さがあった。

ぼくは質問に答える形で、詩について語ったりした。語りながら、奇妙に平淡な気持ちで、ぼくは数ヶ月前のことを思い返した。まだ上京したばかりの頃、ここと似たような場所で開かれた詩人のトークイベントに、一人で出向いたことがあった。まだファクトリーを知らず、知人と呼べる存在すら東京には誰もいなかった頃だ。あの時、かすかな憧れと共に見上げていた場所に、いまぼくはいる。本だって出した。この歳で詩集を持てる詩人などそうざらにはいるまい。ぼくは確かに成功したのだ。何者かになったのだ。そう無理に思おうとしても、どこか空々しかった。薄暗い客席から、百対の目がぼくを見ていた。

「小説の方に行くって選択はなかったんですか？」出演者の一人が言った。

「小説だと人間関係を描かなくちゃならないんで、それがぼくには無理なんです。詩の場合、ほら、全く人とか出てこないじゃないですか」

そう答えると、客席から笑いが起こった。

「詩は自分と世界との関係を書けばよくて、間に人が挟まってこないから自分的には楽、というか性に合ってるんでしょうね」

出演者にだけ見える位置に置かれた時計に目を遣ると、退場の時間が迫っていた。誰ともなく出演者たちは目を見交わし合い、

「それじゃあ一旦区切りが良いので、ここで休憩に入りたいと思います。休憩時間にはミズキくんが詩集の物販を行うので、ぜひ買ってあげて下さい」

と一人が言うと、退場用のロック・ミュージックが大音量で鳴り出し、ぼく達はマイクを置いて控え室に退いた。

だが休憩している時間はない。そのまま控え室を出て、受付付近に置かれたスタンディングテーブルの前に立った。そこには前もって準備しておいた物販用の詩集が積まれており、上には黒い覆いが被せられていた。さっと覆いを取り払い、目の前に現れた詩集の山を眺めていると、ぼくは言い知れず憂鬱な気分になってきた。

「会計手伝うよ。ミズキはサインして本渡してればいいから」

気が付くと、隣にマキムラさんが立っていた。

「ま、こういう場所ではみんな買ってくれるから、心配しなくていいよ」

すでにテーブル付近には列ができはじめていた。特にスタッフが取り仕切ってくれる訳でもないようで、ぼく達は雑談している暇もなく、本の物販を開始した。

その忙しなさのうちにも、ぼくは一点の憂鬱を感じつづけた。


見渡す限り、壁にはびっしりとサインが書かれていた。所々、イラストもある。それは、このライブハウスを訪れた出演者たちが残していったものだった。見上げると、天井にすらサインが書かれていた。壁の一隅に、ぼくやマキムラさんの名前も小さく記されている。まだ書き慣れていないぼくのサインは、歪《いびつ》に傾いている。

物販後、ぼくは控え室のソファーに腰かけて、マキムラさんたちの帰りを待っていた。壇上へと続く扉は防音仕様で、会場の物音はほとんど聞こえてこない。近くの壁には壇上を映した小型のモニターが設置されていたが、音声は切られているらしく、無音だった。画面には出演者たちが身振り手振りを交え会話を楽しんでいる様子が映し出されていた。

控え室のドアがノックされた。ぼくは立ち上がり、ドアを開けた。そこには女性のスタッフが立っていた。ぼくを見ると、

「風花様とおっしゃる方がお見えになっているのですが」

と耳打ちした。

「いやぁ、ほんとはもっと早くに来るつもりだったんだけど……」

控え室に通された風花さんは、息を切らしながら言った。なぜ風花さんが来たのかすぐには分からなかったが、やがて見当が付いた。この前、マキムラさんがイベントのことを持ちかけてきたとき、「友達とか連れてきたい人がいたらチケットなしで招待できるよ」、というようなことを言っていたので、風花さんはその「友達」として、マキムラさんに呼ばれていたのだろう。そのことをすっかり忘れていた。

まだ風花さんは息が整わないようだった。ぼくはだんだん心配になってきて、スタッフに頼んで冷たい水を持ってきてもらった。風花さんは喉を鳴らしながら一息に飲み干すと、ようやく人心地が付いたようだった。ぼくはそれを見て尋ねた。

「どうしてそんなになってるんですか？」

風花さんは若干恥ずかしそうに、

「気づいたら終電なくてさ、どうしようかと思ったんだけど、ほら、徒歩でいけない距離でもないから、走ってきた」

と言った。

「自転車はどうしたんですか？」

「いや、深夜は自転車乗ってると職質されるから嫌なんだよね。防犯登録はされてますか、とかってさ。前もそういうことがあって、面倒だから走ってきた」

「ならタクシーは？」

「あ、その手があったか……」

ぼくは呆《あき》れて物が言えなかった。だが、風花さんの出現によって、ぼくの内に蟠《わだかま》っていた気鬱が少し晴れたことも確かだった。

「いきなり控え室来ちゃったけど、中っていまどうなってるの？」

風花さんは物珍しそうに控え室の壁を見回しながら言った。

「うーん、今はゲストトークの第二部をやってる最中で、これが終わったら全員出演しての質疑応答があって締め、って感じですかね」

「うわー、もうほとんど終わりじゃん」

「まあ、そうなりますね」

「ミズキの出番も終わったの？」

「はい、ちょうどさっき終わったところです」

そうぼくが言うと、風花さんはふっと黙り込んだ。何かを考えているようだった。ぼくは所在がなくなり、何気なく彼女の服装に目を遣った。今日は赤っぽいスカジャンを着ていて、どこか不良娘のような出で立ちだった。髪が白に近い灰色なこともあり、その姿は目を惹《ひ》いた。こんな格好で深夜に出歩いていれば、自転車などなくとも職質の一つや二つされるだろうと思った。今夜はよく見逃してもらえたものだ。

「よし、ゲームをやろう」

いきなり風花さんは言った。

「え？」

「今日はいいもの持ってきたんだ」

彼女は自分のリュックを開け、ごそごそと中を漁《あさ》ると、一台のゲーム機を取り出した。

「これ、コントローラー外すと二人でもできるから、やろうよ」

言われるがまま、ぼくは押し付けられたコントローラーの片割れを手に取った。

テーブルに置かれたゲーム機の前に、ぼくと風花さんは肩を接するようにして座り、がちゃがちゃとコントローラーをいじくっていた。なぜイベント会場まで来てこんなことをやっているのか、意味が分からない。しかもそのゲームは異様に難しく、協力しても一面のボスさえまともに攻略できなかった。見かねた風花さんはぼくに色々と指示を飛ばすのだが、操作方法すらおぼつかないぼくは何度となく死にまくった。そのたび彼女が奇声を上げるものだから、会場に音が洩れていないか心配になるほどだった。

「風花さん、声外に聞こえちゃいますよ」

ぼくがたしなめると、

「あっ」

と言って、風花さんはぼくを見た。

「それ前も言われたことある。小学校のさ、文化祭の劇のときに。舞台の袖で自分の出番待ってるあいだ、私ってどうしてもひとりでふざけちゃって、毎回注意されてた。なんか急にそれ思い出した」

特に気分を害した風ではなく、どこか茫然《ぼうぜん》とした面持ちで、風花さんはコントローラーごと両手を膝のうえに置いた。ゲーム画面は「リトライ」と表示されたまま、陽気な音楽を流しつづけていた。風花さんはしばらくその姿勢で固まっていたが、やがてのったりとぼくの顔を見て、

「あ、ごめんミズキ、いま完全に飛んでた。突然昔のことバーッと思い出しちゃって。薄暗い体育館の匂いとか、仲良かった同級生の顔とか」

「はぁ、クレイジーですね」

「えーミズキにもあるでしょ？　そういう瞬間」

「まあ、ありますけど」

「あるんじゃん」

風花さんは気を取り直したようで、またコントローラーを胸のまえに構えると、勝手に

「リトライ」を選択した。

それからもぼくと風花さんは一面のボスに挑みつづけたが、結局一度も勝利を手にすることなく、時間切れとなった。ふいにロック・ミュージックが防音扉を貫通して聞こえてきたかと思うと、出演者たちがどやどやと控え室に戻ってきた。

「お、風花来てたんだ」僅《わず》かに顔を上気させたマキムラさんが言った。

「だれだれ」

「いやー疲れた疲れた」

「やっぱ今日はお客の反応イイっすね、この前やったときなんか……」

みな壇上で酒を飲んでいたらしくそれぞれが一杯機嫌で、思い思いのことを口にしている。さきほどまでがらんとしていた控え室が、一気に人の体で狭苦しいまでになった。

一人は風花さんとも知り合いらしく、親しげに言葉を交わしはじめた。それにマキムラさんが加わり、さらに彼女を知らない人までが会話に参加した。多人数での会話は苦手だったので、ぼくはソファーの端に座り、ぼんやりとその様子を眺めていた。風花さんは人あしらいがうまく、甲高い声を上げ、おせじのようなことまで言ったりしている。普段よりも、幾分声のトーンが高いようだった。ぼくは居たたまれなくなり、控え室を出た。

洗面所で手を洗いながら、何気なく鏡を見ると、そこには青白く、生気を欠いた顔があった。徹夜のせいか目の下にはうっすらと隈ができ、日中剃った髭《ひげ》も伸びはじめていた。

まだ手慣れないせいでできた小さな傷も、癒えずに残っている。

ぼくは忌々《いまいま》しい気持ちでその顔を眺めていたが、ふと口角を吊り上げ、歯を剝《む》き出して笑い顔を作った。そしてすぐ元の無表情に戻すと、洗面所を後にした。

「じゃ、これがミズキの取り分ね。ちょっと色付けといたから」

イベントで司会進行を務めていた作家から、数枚の紙幣をそのまま手渡された。それが出演料として多いのか少ないのか、ぼくには分からない。ろくに額を確認することもせず、紙幣を財布へと突っ込む。

会場は、数刻前までの喧騒《けんそう》が嘘のように静まり返っていた。観客は出払った後で、フロアには食べ物の残り滓《かす》が散らばっていた。まだわずかに人の臭いも残っている。

帰り支度を済ませ、出演者のほとんどは出入り口付近に固まっていた。彼らの顔には、一様に疲労の色が浮かんでいる。マキムラさんは出演者のひとりと、小声で何かを囁き合っていた。かすかに洩れ聞こえてきた単語は、ぼくには専門的すぎて意味が摑めなかった。どうやら薬か何かの名前のようだ。

マキムラさんがぼくに気づき、近づいてきた。

「これから佐久間さん家に行くんだけど、一緒に来ない？」

佐久間というのが、マキムラさんと話していた男の名前だった。ぼくは答えあぐねていたが、その間に彼は会場をうろついていた風花さんをつかまえ、同様の誘いをかけていた。

マキムラさんの誘いに、ぼくの好奇心は強く動いた。佐久間というのは、アングラな出版物を手掛ける出版社で編集長をやっている男で、彼の家を訪ねれば、普段なら得難い体験ができることは間違いなかった。だが同時に、ぼくは風花さんのことが気に掛かった。ぼくは彼女の返答次第で自分の行動を決めようと思い、そちらに顔を向けた。

風花さんと目が合った。

偶然ではないようだった。すぐに視線は外れたが、わずかに不安げな色を湛えた彼女の瞳が、ぼくの目に残った。

「行きたいのは山々なんですが、今日中に書かなきゃいけないレポートがあるんで、また今度にします」

ぼくは言った。風花さんもそれに引きつづき、

「私も徹夜で眠いので、体調万全なときに伺《うかが》おうと思います。また今度誘ってください」

と言って、小さく頭を下げた。

「そっか、了解。ミズキもお疲れ」

マキムラさんはそれ以上何も言わず、また佐久間の所へ戻っていった。

やがて出演者全員分のギャラの精算が終わり、その場でお開きとなった。

階段を上り、外に出ると、ぼくはアーケード越しに空を見上げた。

まだ夜は明けきっていなかった。

8

どこか浮《うわ》ついた足取りで、出演者たちはぞろぞろと商店街を歩いていたが、タクシーを拾う者、バス停に向かう者、駅へと急ぐ者、ひとり、またひとりと散り散りになっていき、最後にはぼくと風花さんだけが残された。

ぼく達は長い商店街を抜けると、道を右へ折れた。電車には乗らず、湿っぽい高架下を進んでいく。どうせ、帰る街は一緒だった。

最初はテナントが目立った高架下の道も、歩いているうちに店は少なくなり、気づけば駐輪場だけになった。ひっそりしていて、停められた自転車たちは、もう何十年も前から同じ場所に置き捨てられているもののように見えた。時おり、硬い音を響かせながら、頭上を電車が走り過ぎていく。

隣を歩く風花さんを見る。どこか思い詰めたような表情を浮かべ、視線はふらふらと定まらない。いつもは柔和な顔の輪郭も、今は硬く緊張していた。口数の多い彼女にしては珍しく、会話も途切れがちだった。

目の端に、薄青い空が映っていた。だんだんと、夜が明ける時間も遅くなっている。ぼくは急に肌寒さを感じ、ポケットの中の両手を固く握り締めた。そして、吐息が白く色づくかを確かめるように、ほうっと息を吐くと、前を向いたまま、言った。

「風花さんって、即売会で作った画集売ったりしてるじゃないですか。それで、はじめて画集を売ったとき、どうでしたか？」

「……どうって？」

「嬉しいとか達成感があったとか、そういう」

「んー？　別に、普通だったんじゃないかな。普通に嬉しかったと思うよ。どうして？」

「さっきのイベントで、風花さんが来る前に物販やったんですよ。持っていった本は全部売れたし、それは良かったんですが」

ぼくは言い淀《よど》んだ。その話題を出すことが、ひどく場違いな気がした。しかし年上に甘える気持ちもあって、ぼくは言ってしまった。

「売ってて、何も感じなかったんです。なんか、こういうことってもっと充実感があるもんだと思ってたんですけど。ほら、ＳＮＳとかでも、みんな本出すと嬉しそうにしてるじゃないですか。読者の人に感謝、みたいな感じで。でも、ぼく感謝どころか憂鬱なくらいでしたよ」

そのことが、数時間前からぼくの心を曇《くも》らせていた。ぼくにはどこか人とは違った欠陥があって、それがぼくの心を不感症にしているのだ、という思いが、頭から離れなかった。風花さんの訪れによって多少は気が紛れたが、ぼくの心の底には、いまだ不安が澱《おり》のように淀んでいた。

しかし、風花さんはぼくの言葉を聞くと、体をくの字に曲げて笑い出した。それがあまりに唐突だったので、ぼくはただ棒立ちになって彼女を見守ることしかできなかった。やがて、目に涙を溜めながら、ごめんごめん、と風花さんは言って、

「急に真剣な顔して言うから、どんな話かと思ったよ」

指先で目許を拭《ぬぐ》うと、さっさと歩き出してしまった。ぼくも彼女を追って歩き出す。

「ミズキはまだ何も知らないんだね」

彼女の横顔に、わずかに翳《かげ》がさした。だが、それはすぐに薄れ、

「赤ちゃんなんだ」

と言ったときには、すでに悪戯《いたずら》っぽい顔に変わっていた。

「はあ、赤ちゃんですか」

「うん。ミズキはまだ赤ちゃんなんだよ。そう言えば、ついこないだまで未成年だったんだもんね。お酒も飲めなかったんだ」

「酒はいまでも飲めませんよ、下戸《げこ》なんで」

キャッキャッ、と風花さんは笑った。次第に、彼女にはいつものうきうきとした表情が

戻りはじめていた。しかし、ぼくは話をうまくはぐらかされている気がした。それで、もう少し食い下がろうと口を開きかけた。

「ミズキは恵まれてるんだよ。求めるまでもなくいまの場所にいるってことだから。ま、それは私も同じか。どうしようもないことなんだよ」

ぼくが言葉を発する前に、風花さんが言った。ぼそぼそと、誰に言うでもない調子だった。風花さんは前を向いたまま、また口を開いた。

「私、こんど画集出すことになったんだ。自分でじゃなくて、出版社から」

「おぉ、いいですね」

ぼくは本心からそう言った。むしろ、出るのが遅すぎるくらいだと思った。

なぜか、そこで不自然に会話が途切れた。風花さんは俯《うつむ》き加減になり、見るからに何かを言い出しかねている様子だった。ふと、彼女は立ち止まった。

「前から何度かそういう話はあったんだけど、全部断ってたんだ。だって自分でイラスト集なら出せるし、わざわざ出版社から出す意味ないって思ってたから」

「まあ、言われてみればそうですね」

ぼくは話がどう転んでいくのか読めなかった。それで、取り敢えず訊《き》いてみた。

「じゃあ、今度はどうして出すことにしたんですか？」

風花さんは覗《のぞ》き込むように、じっとぼくの目を見つめた。彼女の茶色い瞳に囚われて、ぼくは一瞬、身動きが取れなくなる。

「ねえミズキ、その本、私と一緒に作らない？」

彼女の瞳は、どんな世界を映しているのだろう。

「前からミズキの詩に興味あったんだ。制作にもけっこう影響受けててさ」

彼女の世界で、ぼくはどのくらいの比重をもつのだろう。

「一緒にさ、本作ろうよ。私の絵とミズキの詩の合作。きっと面白いと思うんだ」

ぼくは、誰かからそう言われるのをずっと待っていたのかもしれない。そんな顔を、風花さんの前でしていたのかもしれない。そう思うと、途端に恥ずかしくなった。ぼくは彼女から顔を背けた。遊びの輪にさそわれた、臆病な子供のような気分だった。つかつかとぼくは歩き出した。

「だめ？」

彼女もぼくを追って小走りに付いてくる。

「今決めたって訳じゃないんだよ。ここ一年ミズキの詩をSNSで読んでさ、いいなって思ったんだ。それにほら、ミズキが東京出てきて、こうしてたまたま出会えたんだし。……ごめん、いきなりだった？」

彼女が言葉を継げば継ぐほど、ぼくの足は速まった。ぼくの心臓は、露わなほど高鳴っていた。意思とは無関係に、ぼくの胸は喜びにふくらんだ。口角がぴくぴくと痙攣《けいれん》し、今にも顔は笑みを形作ろうとしていた。しかしその全てを押さえつけ、ぼくは不機嫌を装って大股に歩いた。

昇り切った朝日に照らされて、高架を支える柱が濃い影を作っていた。何か、巨大な廃墟を歩いている心地だった。風花さんは、先ほどまではぼくに取りすがる勢いだったが、そのうち何かに気づいたのか、はしゃぐような調子で、ぼくにまつわりはじめた。

数十歩も行かぬうちに、ぼくはあっけなく彼女の誘いに応じるだろう。そればかりではなく、率先して意見を出し、尽きることなく本の構想を喋りつづけるだろう。そのことは分かっていた。だが今だけは、傲然《ごうぜん》と顔を上げて、ぼくはまっすぐに歩いていった。

二〇一九年

1

眼前に繰り広げられているのはいつもと変わらぬ光景だった。

ソファーにだらしなく座り、テーブルの上に足を投げ出したネジさんが、ひとりでゲームをやっている。その隣に山崎さんが腰かけ、時折ネジさんと言葉を交わしていた。やっているのは、昨年末に発売された対戦アクションゲームの新作で、ここの住人たちは昼夜を分かたず、このゲームに熱中していた。

部屋の隅に目を移すと、スイレンさんがパソコンの前に座っている。頭の後ろで手を組み、椅子の背凭《せもた》れに身を預けた彼は、にやついた表情を浮かべていた。イヤホンをしているので音は聞こえないが、きっとアニメでも観ているのだろう。

ぼくは粗末なスツールに座って、彼らの様子をぼんやりと眺めていた。部外者ではなく、かと言って住人でもないぼくは、彼らと見えない壁一枚を隔てながらも、まるで空気のような存在として、その場に馴染《なじ》んでいた。

しかしここはもう、ファクトリーではなかった。

去年の暮れ、大学が冬休みに入ったぼくは、田舎に帰省する前に一度顔を出しておこうと、ファクトリーを訪れていた。その日も、特段いつもと変わりはなかった。炬燵《こたつ》に入ってゲームをし、夜が更けてからは住人たちと深夜アニメを観た。ぼくが終電間際に座を立つと、駅まで送るよ、と珍しくマキムラさんが付いてきた。

「最近なんか仕事とかあった？」

「詩の雑誌の年末号に、この前出した詩集の詩が再録されたくらいですかね」

ぼく達は白い息を吐き合いながら、当たり障りのないことを喋っていた。しかし駅に近づくにつれ、お互い黙りがちになった。ふと、マキムラさんが口を開いた。

「あのさ、来年でファクトリー解散することになったから」

「え？」

「大家ともめてさ。まあシェアハウスって色々あるから。それで、契約更新せずに、来年で閉じることになった」

急なことで、ぼくには返す言葉もなかった。

「まあ、ネジさんとか山崎とか、あとスイレンくん。あの無職たちは猊下が持ってる別の家にまとめて引っ越すから、ミズキも遊び行くといいよ。ときどき俺も行くと思うし」

「マキムラさんはどうするんですか？」

「マンション借りて一人暮らしする。というか、もう契約済んでるから一月には引っ越すよ。無職たちも年が明けたら新居に移るんじゃないかな」

こうして、あっけなくファクトリーは解散してしまったのである。

翌年、ぼくが田舎から東京に戻り、学期末の試験を済ませる頃には、すでにマキムラさんたちの引っ越しは終わっていた。モリヤさんをはじめ、一部の住人は後処理のためファクトリーに残ったが、彼らも直《じき》に引っ越すという話だった。

ネジさんたち三人が移り住んだのは、小ぢんまりしたビルの一階、かつては車庫として利用されていた一画だった。

ぼくは改めて、部屋の内部を見回してみる。

地面はコンクリートが剝き出しのままで、そこにぽつぽつと、デスクやソファー、テーブルといった家具類が置かれていた。天井には換気のための巨大なパイプがのたうち、窓に向かって突き出ている。一応の暖房設備は整っていたが、北側に駐車用のシャッターを備えたこの部屋が暖まり切るはずもなく、時おり、得体の知れぬ冷気が肌をかすめた。風が吹くたび、じゃばらじゃばらと音を立て、シャッターが鳴った。

背後に首を向けると、暖簾《のれん》で区切られた部屋があり、中にはファクトリーから運び込まれた二つの二段ベッドが置かれていた。そこが、住人たちの寝所という訳だった。

ファクトリーでは、みな無造作に腰を下ろし、床の上で体を伸ばしていたものだが、地面がコンクリートで覆われたここでは、浮島のように孤立した家具の上で、窮屈に身を縮めていなければならない。明らかに、住環境は以前より悪化していた。が、住人たちは一向に気に掛ける素振りも見せず、いつまでもゲームに興じていた。

そのような彼らに接するにつけ、ぼくは自分が、彼らとは画然《かくぜん》と隔てられた存在であると、感じない訳にはいかなかった。

するとつい先ほどまでは彼らの空間に同化し、慣れ切っていたはずのぼくの存在が、急速に顕在化し、そこから弾き出されてしまうのである。

ぼくは立ち上がり、ちょっと二階見てきます、と言った。できるだけ軽い調子で、何気ない響きをそこに持たせようと意識しながら。

「あ、ミズキ、マキムラに飯どうするか聞いておいて。ここで食べてくのかって」

足早にドアへと向かうぼくの背に、山崎さんが声を掛けてきた。

「了解です」ぼくは返事をし、ドアの把手《とって》に手を掛けた。


一旦外に出て、車庫を半周ほどするともう一つドアがある。その先が二階へと続く階段になっていた。本来、こちらがビルの正面入り口である。ぼくは急な階段を上っていった。二階の踊り場にはスタンド付きの灰皿が置かれ、吸殻がうずたかく積まれていた。ぼくは灰皿のそばにある黒いドアをノックした。いつも通り特に返事もなかったので、そのままゆっくりドアを押し開けた。

中は事務所のような造りで、大きなテーブルやホワイトボード、マルチディスプレイのパソコンを載せたデスクなどが、かなり無造作に配置されていた。何故かそここの床には漫画雑誌のバックナンバーが積まれている。

以前マキムラさんにしてもらった説明では、この場所ではコンテンツの制作や動画配信サイトの監視を行っている、とのことだったが、つまり具体的に何をしている場所なのか、ぼくにはほとんど分からなかった。

事務員なのかスタッフなのか、今日も禿《はげ》の目立つ中年男がひとり、パソコンに向かっていた。名前は忘れたが、面識はあった。ぼくは近づいて、目顔でマキムラさんの居場所を尋ねた。彼は心得たもので、顎《あご》をしゃくって部屋の隅を示した。ぼくは物と物の隙間を縫《ぬ》うようにして、そちらに向かっていった。事務所の隅はパーテーションで区切られた休息スペースになっていた。そばに寄ると、パーテーションの向こうから、ぼそぼそと話し声が聞こえてきた。どうやら猊下も一緒らしい。

たいした用があるわけでもないので、彼らが出てくるまで待つことにした。床に積まれた漫画雑誌の中から適当な一冊を拾い上げ、近くの椅子に座ってページを繰りはじめる。

南側にあるただひとつの窓から、うすく西日が射していた。目の端でそれを捉えながら、冬の夕陽だ、と思う。ぼくはまだ、東京で雪を見たことがなかった。強すぎる暖房が、不快なほど部屋を生温《なまぬる》くしている。

「キミってさぁ、けっこう簡単に人のこと見限るよね」

猊下の声が、ふいに明瞭な響きとしてぼくの耳に飛び込んできた。ぼくはパーテーションに目を向け、耳を澄ました。しかし、またすぐに声は不透明なものになり、ぼそぼそとした、囁き合うような音だけになった。

いくら待っても、マキムラさんたちの話は終わりそうになかった。ぼくは立ち上がると、挨拶《あいさつ》もせずに事務所を後にした。

夕映えも色褪《いろあ》せ、外はすっかり暗くなっていた。二月の凍える空気も、暖房に火照った体には心地いい。ぼくは車庫の裏手にある入り口まで行くと、ドアレバーに何気なく手を掛けた。ガチッと音がし、硬い手応えが残った。ドアには鍵が掛かっていた。一瞬呆気《あっけ》にとられたが、すぐさま、ここのドアがオートロックであり、中に入るためには、毎回ナンバーキーに正しい数字を打ち込まねばならなかったことを思い出した。ファクトリーの玄関には鍵など掛かっていた試しがないので、ぼくはこの仕組みに中々慣れることができずにいた。

入り口の傍にある窓から、明かりが洩れていた。窓にはポスターが貼ってあって、中の様子は窺えない。断続的に、住人たちの笑い声が外にまで聞こえてきた。

そうだ、彼らは家族なんだ。ぼくは突然、そう思った。それが、この新しいシェアハウスでぼくが感じていた違和感の正体だった。ここは彼らの家で、彼らは家族で、もう以前のような出入り自由で、混沌としたシェアハウスなんてどこにもなかったのだ。ぼくは今更、そのことに気づいた。ここはぼくの居ていい場所じゃない。

ぼくは東京に家族と呼べる人間も、友達と呼べる人間もいなかった。車庫を離れながら、改めてその事実を思い知らされた。

（まぁ、別にいいか。こういうのには慣れてる）

とても冷たい水が、体の奥へ流れていくような気がして、ぼくは片手で胸を押さえた。じっと立ち止まって、またすぐに歩き出す。空を見上げると、一番星だけが消えずに残っている。

（まだ、ぼくには詩がある）

それは確からしく思えた。昨年末のトークイベントの帰りに、風花さんが持ちかけてきた話は出まかせではなかったことが、後になって分かったのだ。あのイベント以来、特に風花さんからの連絡はなく、ぼくは狐《きつね》につままれたような気分で日を送っていたのだが、先月、彼女の担当編集を名乗る男から、ようやく一通のメールが届いた。

曰く、企画始動に向けて本格的な打ち合わせがしたいので、都合よき日程をお教えいただきたい——その初顔合わせが来週に迫っていた。

そのことを思えば、ぼくの胸はふくらんだ。ひりひりとした充足感が、ぼくの歩みを自然と力強いものにした。一時、ぼくは全能感に酔うことすらできた。詩を書いているときも、自分が千里眼でも得たかのような陶酔に襲われることが、間々あった。酒に酔えないぼくの、それが唯一の慰めだった。

（そうだ、何が無くても、ぼくには詩があるんだ。才能だって、あるかもしれない）

ぼくは浮ついた気持ちで考えた。駅までの道は遠く、人気がなかった。

ぼくはヤケ酒を呷った男のように、破れかぶれな上機嫌を抱えて、街灯に照らされた道を進んでいった。

2

編集者に指定されたビルは、オフィス街の中心に高々と聳《そび》えていた。ぼくは何度かスマホを取り出し、その場所で誤りがないかを確認した。入り口付近にあったビルの案内板にも、確かに指定された出版社の名前が記されている。間違いないようだ。

ぼくはその行為がいかに田舎者じみて見えるかを知りながら、数歩後ずさり、ビルを見上げてみた。地上十四階建て、全面ガラス張りのそのビルは、空を映して青白く光沢していた。

受付を済ませ、最初に通されたのは八階にあるラウンジのような場所だった。

フロアの片隅に椅子やテーブルがいくつか置かれ、そこに座っていると、目の前の通路を社員と思しき人たちが足早に通り過ぎていった。

近くの壁にはモニターがあり、自社の出版物を原作とするアニメのPVが、無音のまま延々と流れていた。それを見るともなく眺めていると、

「あ、ミズキさんっすか？」

ワインレッドのパーカーを着た男が、ぼくの前に立っていた。彼はぼくの返事を待たず、

「風花さん、お腹壊したとかで遅れるそうなんで、先に奥行きましょうか。さ、こっちです」

と言うと、奥へずんずん進んでいく。ぼくは立ち上がり、急いでその背を追いかけた。

フロアの奥は、パーテーションで区切られた小部屋がいくつもあり、そこがそれぞれ、簡易的な会議室になっているらしかった。中のひとつに入り、テーブルの前に腰かけた。男は名刺を取り出しながら言った。

「僕、この編集部では海賊《かいぞく》みたいなことやってるんすよ」

受け取った名刺に目を遣る。彼は嵯峨《さが》というらしい。

「イラスト本、写真集、自伝、技術書、マンガ……ま、言うなれば何でも屋ですかね。なぜか、この編集部で僕はそういう役回りなんです。出したい本を出してると、自然そうなっちゃうんすよ」

嵯峨は、自分でも呆れているといった風に笑った。

浅黒い顔をし、蓬髪《ほうはつ》を額《ひたい》に垂らした彼の風貌は、編集者というよりも作家のそれであり、風貌ばかりではなく、醸し出している雰囲気にまで、どこか無頼の気があった。

彼はよく喋る性質らしく、ぼくがぼんやりと相槌を打っている間に、次々と新しい話題を繰り出してきた。やがて、話題は風花さんのことに移った。

「そう言えばミズキさん、今回の企画が立ち上がった経緯については何か聞いてますか?」

「特には。いきなり一緒に本作らないかって言われて……」

「おや、そうでしたか。ま、聞いてくださいよ」と彼はその経緯について語りはじめた。

彼の話を綜合すると、こういうことになる。風花さんが複数の出版社から声がかかっているにも拘わらず、頑なに画集の出版を断っているという話は、嵯峨も聞き及んでいた。だが、どうしても画集を自らの手で世に出したいと考えていた彼は、なんとか彼女を説き伏せて、会談の場を設けることに成功した。そこであの手この手で風花さんが納得できそうな画集の形を提案した彼だったが、中々色よい返事を引き出すことはできなかった。

「諦めかけて雑談モードに入ってたんですが、どうした弾みか、最近流行《はや》ってる詩人の話になったんです。そしたら風花さん、知り合いに詩人の子がいるって言って、いきなり鞄に手を突っ込んだかと思うと、ミズキさんの詩集を取り出すじゃありませんか。あれには驚きましたね。付箋がびっしり貼ってあって、ずいぶん読み込んでる様子でしたよ。勉強不足なもので、僕はその時はじめてミズキさんのお名前を伺ったんですが、それからはまあ、とんとん拍子に話が進みまして、今日のような次第となった訳です」

ぼくが黙っているので、嵯峨はひとりで喋りつづけていた。

「ミズキさんから承諾を頂いたという話を風花さんに聞いてから、年末進行やら会議やらで延び延びになってしまい、結局年を跨《また》いでのスタートになって申し訳ないんですが、今年中には出版できたらと思ってます——と、これは風花さんが来てからの話でしたね」

嵯峨はテーブルに置いてあった自分のスマホに目を落とした。

「あ、噂をすれば風花さん、いま到着したみたいっす。ちょっと迎え行ってきますね」

席を立ち、嵯峨は大股に会議室を出ていった。

3

「もう体調はいいんですか」

不躾《ぶしつけ》だと思いつつ、ぼくは尋ねた。

打ち合わせ後、ぼくと風花さんは出版社の向かいにあったファストフード店に入った。トレーを手に席につくと、風花さんは何も言わずダブルチーズバーガーをむしゃむしゃと食べはじめた。バンズの欠片が散らばり、彼女の指先はあふれたソースによって汚れていった。腹痛で打ち合わせに遅刻したにしては、豪快な食べっぷりだった。

「ああ、私って予定とかあると、すぐお腹痛くなっちゃうんだ。でももう平気だよ。中高生の頃とかも、学校行く前はお腹痛くなったり、戻したりもしてたんだけど、不思議と学校に着くと、どうでもよくなるんだよね。楽しい予定とかでも割とそんな感じでさ」

風花さんはぼくを見ると、少し笑って、またハンバーガーを頬張った。

「まあ、人間なんて一本の管だからね」

口許をナプキンで拭いながら、澄ました顔である。

「やけにサッパリしてますね」

「そうでも思ってないとやってらんないよ」

彼女は立ち上がり、トレーを返却しに行った。

「これから知り合い呼んでいい？　大学の頃の先輩」

席に戻ると風花さんは言った。

「油絵やってる人でさ。片桐《かたぎり》さんって言うんだけど、今回の企画でも相談に乗ってもらったりしたから、ミズキとやることになったって報告しときたいんだ」

「いいですよ、全然」

「うん。じゃあ連絡してみるね」

風花さんはスマホを手に取った。彼女が画面をフリックするたび、かつかつと爪の音が鳴った。聞いた話によると、風花さんは浪人してまで入った美大を、一年かそこらで中退しているはずだった。だから先輩というのは、その時期に知り合った人なのだろう。

「あ、夕方からなら大丈夫みたい」

風花さんは顔を上げた。

「焼肉でもどうか、だってさ。奢《おご》ってくれるらしいよ」


日が暮れるまでにはまだ大分時間があった。

ぼくと風花さんは喫茶店に場所を移した。

風花さんは寝不足のためか、お腹が満たされたためか、喫茶店では終始うつらうつらしていた。無防備なその顔を眺めながら、いつか風花さんに「ミズキは赤ちゃんなんだ」となんとか、言われたときのことを思い出していた。

「子供なのはあなたの方じゃないですか」

という言葉が、喉許まで出かかっては消えた。風花さんの顔には、安心しきった赤子のような表情が浮かんでいた。

ぼくは持ってきた文庫本を読みながら、ときどき風花さんの顔に目を遣った。

ふいに、風花さんが口を開いた。

「みずきぃ、そろそろ時間じゃない？」

まだ眠たげな、どこかとろとろとした声だった。スマホで時間を確認すると、確かに待ち合わせの時刻が迫っていた。

「よく気づきましたね。さっきまで寝てたのに」ぼくは言った。

風花さんは微笑み、その場でぐっと伸びをした。

4

「ミズキくん、でいいかな。風花から話は聞いてるよ」

席に着くなり、片桐さんは言った。彼は小奇麗な身なりをした痩身《そうしん》の青年だった。画家と言われればそのように見えるし、道楽に面《おも》やつれした貴族の御曹司《おんぞうし》、と言われれば、それはそれで信じてしまいそうな風貌が、彼にはあった。どことなく身ごなしが洗練されていて、画家という言葉から連想される粗野な部分が、彼には微塵《みじん》もなかった。

その印象は、あるいは今いる場所柄の影響もあるのかもしれない。というのも、集合場所が銀座駅前だと聞いたときからなんとなく予想はついていたが、片桐さんに連れて行かれたのは、ハイブランドの店舗がごたごたと入居した商業施設内にある、高級焼肉店だったからである。ぼくが知っている、居酒屋のような小ぢんまりした店とは違って、割り当てられたテーブルは広く、店内の照明もシックで落ち着いていた。

「ところでさ、今日は二人してどうしたの？　打ち合わせの帰りだって聞いたけど」

片桐さんは、ぼくと風花さんの顔を見比べた。

ぼくが口を開きかけると、それを遮《さえぎ》るように風花さんがぴしゃりと言った。

「その話、注文の後でもいいですか？」

風花さんは怖い顔でメニューを見下ろしている。

「はいはい」

彼女の礼を失した態度に憤《いきどお》る様子もなく、片桐さんは柔和な笑みを浮かべた。こういう振る舞いには慣れているみたいだった。

「ミズキくんも好きなの頼んでいいからね」

「あ、はい。ありがとうございます」

適当なコースメニューを注文し、ドリンクが来たところで一先《ひとま》ず乾杯をした。片桐さんはワイン、風花さんは日本酒、ぼくはオレンジジュースだった。

「じゃあ、そろそろ聞かせてくれる？」

一息ついたところで、片桐さんが促した。ぼくは風花さんの様子を窺ったが、彼女は真剣な面持ちで日本酒を飲んでいて、口を開く気はなさそうだった。仕方なく、ぼくはひとりで話しはじめた。

「ぼくと風花さん、絵本を作ることになったんです、天使をテーマにした」

「へえ、絵本」片桐さんは顎に手を当てた。

「まあ、絵本って言っても童話みたいな、子供が読むようなのとは違いますけどね。風花さんの絵に合わせてぼくが短い詩や物語を書いたり、ぼくの文章に合わせて風花さんが絵を描いたり、それで一冊の本にしようってことになったんです」

自分で言っていて、本当にそんな本が成立するんだろうかと、ぼくは訝しく思った。

そもそも、「天使」というテーマにしても、決まったのは奇妙な成り行きからだった。


昼間の打ち合わせの席で、遅れてやって来た風花さんを迎えてまず話題となったのは、本のコンセプトをどうするか、ということだった。ぼくと風花さんが二人して一冊の本を作る、という所までは決まっていたが、後は白紙も同然だった。以前、トークイベントの帰りにも風花さんと本の構想について少しは喋ったが、あの時は頭が冷静ではなく、それに徹夜していたせいもあって、ほとんど何もまとまらなかった。

嵯峨が自分のノートパソコンに映した風花さんのイラストを眺めながら「いやあ、結構画風にセンチメンタルなところがあって、僕はそれが好きなんすよね」と感慨深げに呟く。

風花さんは風花さんで、嵯峨がイラストを変えるたびに、「ああ、私はこの絵、かなり気に入ってるんですけど、なぜかネットでは全然ウケなくて……へこんだなあ」と一々指さして感想を洩らす。そんなやり取りばかりが続いて、打ち合わせは遅々として進まなかった。

画面に、見覚えのあるイラストが表示された。それはいつぞや見た、セーラー服姿の少女が、夜の海岸道路をひとりで歩いているイラストだった。確か、ＳＮＳで流れてきたのを見かけて、講義そっちのけで眺めていた記憶がある。改めてその絵を見ると、少女の頭上に浮かんでいる光輪のことが気になった。彼女はよく、こういった天使のような少女を描くのだが、ぼくはその理由を知らなかった。

「風花さんって、よく天使みたいな絵を描くじゃないですか。何か理由でもあるんですか？」

ぼくが尋ねると、風花さんは曖昧に唸り、何かを考えるように視線を上に逸らした。

「うーん、あんまり考えたことなかったなあ。手癖みたいなものなんじゃないかな」

「デザイン的な感じっすか。光輪があると構図が引き締まる、とか」嵯峨が言った。

「いやあ、どうなんでしょうね」まるで他人事のように答え、風花さんは目を伏せた。

ぼくはもう少し追究したい気持ちだったが、彼女が困っている様子だったので、あえてそれ以上訊くことはしなかった。

天使、か。

ぼくも以前から、天使という存在には惹かれるものがあった。ただしそれは、絵画に描かれるような聖書の天使ではなく、ほとんどぼく個人の、妄想としての天使である。いつからだろうか、ぼくは眠る前、暗闇にじっと身を潜めて、天使の姿を想像するようになった。その天使は都会に棲んでいて、襤褸《らんる》を纏《まと》い、路地裏をふらふらと歩いている。時には室外機なんかに腰かけては、じっと、何もない中空を見つめていたりする。中性的な整った顔には、しかしどんな表情もなく、見る者に、冴《さ》え冴《ざ》えとした畏怖を抱かせる……。

あるいはこんなことを考えるようになったのは、風花さんのあのイラストを見たことがきっかけだったのかもしれない。海沿いの道をゆくセーラー服姿の天使、殊《こと》にその完璧な無表情は、ぼくが想像する天使の相貌とぴったり一致していた。

ふと、ぼくは数日前に書き付けたメモの存在を思い出した。不眠の夜、断片的な随想や覚書をスマホのメモアプリに書き散らす習慣が、ぼくにはあった。その夜も、ぼくは不吉に冴えた頭で、ひとつのメモを拵《こしら》えた。「天使に関するメモ」と題されたそれは、ぼくが妄想する天使の、言わば設定資料のごときものだった。

天使はどこにでもいる
天使は物に近い
天使に性別はない
天使に感情はない
天使は自意識をもたない
天使は言葉を発しない

天使は物を食べない
天使は眠らない
天使は老いないし、成長もしない
天使は大きな羽を持つが、空を飛ぶことはない
天使がいつからいるのか、どこから来たのか分からない

こんな調子で、天使の設定が際限もなく記されたメモを、調べものを装って読み返していたぼくは、どうしてか、これを風花さんに見せることを思いついた。

「天使といえば、つい数日前にこんなのを書いたんです。ちょっと怪文書じみてますが」

ぼくは風花さんの方へスマホを差し出した。それを受け取った彼女は、最初訝しそうにしていたが、だんだんと表情を変え、やがて食い入るように画面を見つめ出した。脇から嵯峨も覗き見て、「ミズキさん、面白いもん書いてますね」と笑った。風花さんは何も言わなかったが、メモに注がれた彼女の強い眼差しを見て、ぼくは言った。

「どうでしょう、今度の本、天使をコンセプトにするっていうのは」

5

「ふぅん、本の企画ってそんな感じで進むんだね。聞いてて面白いよ」

片桐さんは微笑し、七輪で炙《あぶ》っていた肉を風花さんの取り皿に載せた。風花さんはありがとうも言わず、即座にそれを口へ運んだ。

「まあ、本当にこんなんで本ができるのか、ぼくはちょっと心配ですが」

「でもいいテーマだと思うよ。そもそもさ、僕は風花が普通の画集出すのには反対だったんだ。本屋で売ってるイラストレーターの画集って、カタログ染《じ》みてて嫌いなんだよ。こんな仕事もしています、どうぞご依頼の参考にしてください、って感じでね。コンセプトもなければ思想もない。君もそう思うだろう?」

ぼくは自分の取り皿で冷えていく肉を眺めながら、そうですね、と言った。

片桐さんは普段の温厚さに反して、創作の話題となると情け容赦《ようしゃ》がなかった。

「だからさ、詩人と共作するって聞いて、僕は一も二もなく賛成したんだ。どういう本ができるにせよ、いい経験になるだろうって」

言いながら、片桐さんは肉の表面だけをさっと炙り、ほとんどレアのまま取り皿に載せた。それを優雅な所作で口まで運び、時間をかけて咀嚼《そしゃく》する。

ナプキンで口許をぬぐうと、彼は涼しい顔で言った。

「それに、君は広告《コピー》みたいな詩を書く輩ではないようだしね。詩集、読ませてもらったよ。ま、ひどく青臭いが……」

そのとき、わー、とひどく間の抜けた声がし、隣を見ると、風花さんがお冷《ひや》の入ったコップを倒したところだった。幸い七輪にまで水が流れ込むことはなかったが、風花さんの手許が水浸しになった。片桐さんは落ち着いたもので、素早く店員に合図を送ると、テーブルの上を片付けさせた。その間に風花さんは席を立ち、化粧室へ消えた。

なんだか今夜の風花さんの様子はおかしかった。酒に酔ってもはしゃぎこそすれ、黙り込むような人ではないのに、ろくろくぼく達の会話に参加するそぶりも見せなかった。食べるだけ食べて、後はじっと、考え込むように目を瞑《つむ》っていた。

「きっと疲れてるんだ、風花は」

片桐さんは言った。

「それに腹を空かせてる」

「はあ」

「あいつは制作に熱中すると、ろくにものを食べなくなるんだ。ゼリーとかサプリとか、そういうので済まそうとする。だから時々外食に連れ出すんだけど、馬鹿みたいにがっつくんだよな、腹すかせた子供かよってくらいに」

「じゃあ風花さん、いま忙しいんですか？」

「たぶん、人生で一番忙しいときなんじゃないかな。今年に入って大きな案件いくつか来たって言ってたし。それにこまごまとした仕事も――」

片桐さんが言い終える前に、風花さんが化粧室から戻って来た。

「しゃらくさい依頼は受けないようにしてるんですよ、これでも」

風花さんは席に着くなり、おどけたように言った。

「それがいい。仕事なんてするもんじゃない」

「先輩はいい加減働いたらどうなんです？」

「幸いパトロンには恵まれてるんでね」

「パトロンって、それお母さんのことでしょ？」

「同じことさ」

片桐さんは口を歪め、ワインをぐっと飲み干した。風花さんは横目にぼくを見、おかしそうに笑った。

今度はぼくが聞き役にまわる番だった。風花さんはアイスクリームを注文し、それを匙《さじ》で口に運びながら、片桐さんと小気味好いやり取りを繰り広げた。風花さんは先ほどとは打って変わって陽気になっていた。話題は縦横に飛び、浮世絵のことから知人の噂話、最新アニメの動向に至るまで、二人は飽きもせずに喋りつづけた。時折、息が切れたように風花さんが黙り込むことを除けば、その会話は実に流麗で、淀みがなかった。すでに話し疲れていたぼくは、喜んで二人の会話に耳を傾けた。

「おや、もうこんな時間だ」

片桐さんは腕時計に目を落とした。

「この店、十時になると閉まるんだ。どうだろう、近くに深夜までやってる良い喫茶店があるんだけど、場所移すかい？」

片桐さんはぼくと風花さんの顔を素早く見比べた。それで何かを察したようだった。

「いや、やっぱり今日はやめとこうか」

彼は席を立ち、伝票を片手にレジへ向かった。

⁂

風花さんと駅前で別れたぼくは、墓所に沿って続く森閑《しんかん》とした道を、アパートに向かって歩いた。体の火照りを冷まそうと、ダウンジャケットのファスナーを胸許まで下げ、心持ち顔を上向けた。ぼくの意識には、すでにいくつもの詩の想念が突き刺さっていた。それは結び、かつ消えた。言葉の形を取るものも、言葉以前の霊感として、徒《いたずら》に霧散するものもあった。

全てのイメージが、一人の天使と結びついていた。天使に名前はなく、性別もなく、どんな来歴もなかった。ただ、ぼくの心中で玲瓏《れいろう》と佇むその天使の顔には、いつか風花さんが描いた少女の、氷のような無表情が張り付いていた。

帰宅後、ぼくはすぐさま数編の詩を物した。そして翌日も、翌々日も、終日天使を思い描きながら、詩文を草していった。大学はすでに春休みで、時間はいくらでもあった。

そうして三日のうちに書き溜めた原稿を嵯峨にメールで送信した。原稿をまとめたファイルには、仮に「天使に捧ぐ」というタイトルを付けておいた。

6

一週間が過ぎた。その日、朝からぼくの見ているSNSは自主制作本を宣伝する投稿で埋め尽くされていた。それで今日が、即売会の当日であることを思い出した。オリジナル作品の販売に限定されたその即売会に、上京以来、ぼくは一度も欠かすことなく通っていた。二次創作をメインとした即売会に比べると客足は穏やかで、会場内もたいして混み合わない。ぼくは毎回、お祭り見物にでも出かけるような気分で会場に向かい、ふらふらと気の向くままに、イラストレーターや漫画家たちの作品を物色して回った。

思えば、風花さんをはじめて見かけたのもこの即売会でだった。当時はお互いに面識もなかったし、別に話しかけるでも、本を買うでもなかったが、うず高く新刊が積まれたブースの中で、あたふたと行列をさばいていく彼女の姿は妙に印象的で、記憶に残っていた。詩を書く以外にひとつの予定もなかったぼくは、今から即売会に行くことに決めた。

会場に着いたのは入場がはじまる三十分ほど前で、外には長い待機列ができていた。ぼくは開会から一、二時間後に訪れるのを常としていたため、こうした行列を目の当たりにするのは初めてだった。いつ果てるとも知れぬ待機列を最後尾に向かって歩く途中、ぼくはふと、列の中に風花さんの姿を見た気がした。

確かにそれは見間違いではなかった。開場後、一通り目当ての本を買い終えて、ブース間の通路を歩いていると、向こうからやって来る風花さんとばったり鉢合わせしたのだった。

「あっミズキだ！　えー来てたんだね」

「やっぱりあれ風花さんだったんですね。列並んでるときちらっと見えたんです」

「ほんと？」

そのとき人波に押され、風花さんは前につんのめった。入場開始からだいぶ時間が経ち、すでに会場は混み合ってきていた。彼女はさっと周囲を見回し、

「一緒にちょっと回ろうか。私まだあんま見れてなくて」

と言った。

はぐれないよう、ぼくは風花さんの斜め後ろにぴったりと張り付いて歩いた。目的地は全て頭に入っているらしく、彼女は確信を持った足取りで先へ先へと進んでいく。

会場は殷賑《いんしん》を極めていた。二月だというのに、人いきれがして会場はむし暑いくらいだ。売り子の呼び込み、雑踏、笑い声、アナウンス、それらが一塊となって、天井のあたりを漂っている。風花さんは時々人にぶつかったり、肩先をかすらせたりしながら、危なっかしく歩いていく。短く切られた灰色の後ろ髪が不安定にゆれている。

「今年人多いね」風花さんは顔を真横に向け、目の端でぼくを見た。

ぼくは少し声を張り上げて、

「来るたびに人増えてますね。去年はこんな多くなかった気がします」

聞こえているのかいないのか、風花さんの返事はなかった。ぼくは続けて言った。

「風花さん今回は参加しなかったんですね。やっぱり忙しいんですか?」

彼女はなおも黙ったままだった。人がまばらな辺りまで来ると彼女は足を緩め、ぼくの隣に並んだ。そして俯き加減に、

「この前参加したとき変な客に絡まれてさあ、それで嫌になっちゃった」

と言って、笑ったような顔つきをした。

「そうなんですね」

ぼくは努めてあっさりと言った。そして次の言葉を探したが、見つからなかった。

そうしているうちに風花さんは、あの人に挨拶してくるね、と言って、近くのブースの方へ行ってしまった。いつの間にかぼく達は、壁際の大手サークルが犇《ひし》めいている辺りまで来ていた。いくつかの搬入口が外に向かって開いていて、そこから青空が覗いていた。冷たい風が会場めがけて吹き込んでくる。寒かったが、ぼくは一息つくことができた。

風花さんはと見ると、ブースの奥に招《しょう》じ入れられて、サークルの代表か何かと喋っていた。さっきからその繰り返しだった。風花さんは訪れるブースごとで誰かと話し込み、本も買うというより、押し付けられるようにして帰ってくるのだった。

即売会での彼女の顔の広さには驚くべきものがあった。けれどそれを羨《うらや》むというより、ぼくには少し気の毒な気がした。

彼女は中々帰ってこなかった。ぼくは辺りのサークルを一回りしてくることに決め、その場を離れた。去り際に、ちらと風花さんの顔を遠目に見た。相変わらず笑ったような顔つきで、けれど、笑っているようには全然見えなかった。

イラスト集ばかりが売られているエリアを一巡りし、また元の場所に戻ってみると、そこにもう風花さんの姿はなかった。日が移ったのか、つい先ほどまで風花さんが立っていた場所には、搬入口から射し込んできた光によって陽だまりができていた。

ぼくは急に不安になった。風花さんとはぐれたというより、彼女が最初から存在しなかった世界へ、瞬時に紛れ込んでしまったかのような恐怖が、ふいにぼくを襲った。

しかしそれは一瞬のことで、ぼくはすぐに平静さを取り戻した。そもそも今日は偶然出会ったにすぎないのだし、はぐれてしまっても、まあ仕方のないことだ。今日はそういう巡り合わせだったのだろう、などと考えつつも、ぼくは風花さんの姿を探しまわった。手足が異常に冷え、鼓動が速くなっていた。

数分後、はぐれた場所に戻ると、当たり前のように、風花さんはそこに立っていた。知人のいたブースの、すぐそばにある柱に凭れ、スマホに目を落としている。

ぼくが近づくと、彼女の表情は硬くなった。そして強いて画面に熱中しているふりをしだした。だが、目の端にうつる服装からぼくと分かったのか、顔を上げた。ぼくを見ると顔つきが柔らかくなり、口許に安堵《あんど》の笑みを漂わせた。

「どこ行ってたの？　急に消えちゃって」

「消えたのは風花さんですよ」

ぼくは突《つ》っ慳貪《けんどん》に言った。

「ええ？」

「あんまうろうろしないで下さいね」

「いなくなったのミズキの方じゃん。……なんで泣きそうな顔してんの?」

ぼくは何も答えなかった。ぼくは風花さんの隣に立ち、彼女と同じように柱に背を預けた。目の前を、無数の人々が忙しなく行き交っている。隣から風花さんの視線を感じた。ぼくは黙って雑踏を眺めつづけた。

7

それからぼく達は会場内の食堂で昼食を摂り、外に出た。

日は西に傾きはじめていた。薄黄色の光を孕《はら》んだ冷たい空が、どこまでも平坦に続いていた。イベント帰りの人々が、一様に駅に向かって歩いている。ぼく達は自然とその人波を離れ、見当外れな方角へ歩き出した。

しばらくぼく達は話さなかった。ややあって風花さんが言った。

「このまま行くとさ、海辺に公園があるんだよ。ミズキ行ったことある?」

「いや、ないですね」

「そこから遊覧船が出てるんだけど、乗ってみない?」

ぼくは風花さんを見た。風花さんは、いまぼくに言ったことを忘れてしまったかのような放心した眼差しで、遠くを見ていた。ぼくはその視線を追った。

彼女の視線の遥か先には、西日を浴びた観覧車が黒々と聳えていた。まだイルミネーションの点灯していないそれは、まるで影そのもののように、暗い輪郭をゆっくりと蠢《うごめ》かせていた。ぼくは足を止めた。隣を歩いていた風花さんは、数歩先に行き、やがて力を失ったように静止した。しかし視線は観覧車に釘付けのままだった。

どうしてこんなにも遠いのだろう。

ぼくはやや仰向いて観覧車を凝視する風花さんの後姿を、茫然と眺めた。

と同時に、彼女が絵本のために描いた、はじめてのラフスケッチのことを、ぼくは思い浮かべた。それはほんの数日前に届いたものだった。

ラフに描かれていたのは、海岸線の道を、中性的な顔つきの少年と天使が共に歩いている姿だった。少年ははにかむような微笑を天使に送っているが、天使は無表情のまま、あらぬ方向を見つめている。目線の先には、青々とした海が際限なく広がっている。……

今ぼくの目の前に立っている彼女も、あのイラストの天使と同じように、どこか遠くを見つめていた。その眼差しは観覧車を通り過ぎ、淡い光を湛えた冬空をも貫通して、その先にある、暗いなにかを見透《みとお》しているようだった。

どうしてこんなにも遠いのだろう、とぼくはまた思った。

風花さんのラフを見、風花さんの描く天使を思いながら詩作に耽っているとき、ぼくは確かに、彼女と分かりあえたと思った。対話では不可能な、作品を介してのコミュニケーションが成立していると信じた。そしてそれは、創作に与《あずか》る者だけに許された、甘美な特権なのだと酔いもした。

けれど、生身の風花さんを前にすると、そうした慢心は恐怖に変わった。ぼくが彼女の名を呼んでも、彼女は二度と振り向いてはくれないような気がした。

ぼくは彼女が好きだった。彼女の才能が好きだった。才能は遠い。遠いものに歩み寄るためには、一体どれほどの犠牲が、どれほどの速度が必要なのだろう。

「風花さん」

ぼくは呼んだ。

彼女は即座に振り向いた。

「船、乗り行きましょうか」

風花さんはあどけなく笑い、うん、と頷いた。

そのとき、観覧車にイルミネーションが点った。

しかし彼女はもう一瞥も与えずに、海をめざして歩き出した。

8

夕影が空を浸しつつあった。対岸に林立するビルは墓石のように静まっている。目を転ずると巨大な吊橋が見えた。橋脚を朱色に染めて、ゆるいカーブを描きながら海上に架かっている。ぼくはその誂《あつら》えられた美観を、たいして興も湧かぬまま打ち眺めた。時おりウミネコが鳴いた。海浜公園の人影はまばらだった。

ぼくと風花さんは、浅草行の最終便が来るのを待っていた。風花さんは先ほどから波打ち際でウミネコを追いかけたり、流木を拾ったりして遊んでいた。ぼくは靴を濡らすのが嫌だったので、木の板で組まれた歩道の上に立って、そんな風花さんの様子を、見るともなく眺めていた。やがて彼女は、うひゃー、と言いながら戻ってきた。白かったシューズが、海水を含んだ砂でひどく汚れていた。

「見て、靴ん中ぐちょぐちょになっちゃった」

彼女が足踏みするたび、ぐぷぐぷと湿った水音がした。

「ねえ、ミズキは遊ばないの?」

「ぼくはやめときます」

「海嫌い?」

「嫌いってわけでもないですが」

風花さんは靴を片方脱ぎ、片足立ちになって靴の中の砂を掻き出そうとした。だが案の定バランスを崩し、靴下のまま地面を踏んでしまう。

ぼくは彼女から視線を外し、海を見た。

遠く、一艘《いっそう》の船がこちらに向かってくるのが分かった。しかしその影は、まだ芥子粒のように小さい。日は沈みかけていて、空全体が、深い藍色に呑まれようとしていた。ビルの隙間から仄見える対岸の地平線だけが、筆で刷《は》いたように赤い。夕映えはそこで留まり、空全体に行き渡ることはなかった。冷たい冬の夕暮れが、ふいに肌身に堪《こた》えた。

「あー、やっぱ私は海好きだな。見てると精神安定する」

靴の片一方を指先にぶら下げたまま、風花さんは言った。

「風花さんの絵って、たしかに海が背景のこと、多いですよね」

「うん。旅行するたび写真に撮って、それを背景に使ってるんだ」

「ぼく背景が緻密に描き込まれてる絵って好きですよ。その方が、なんて言うんだろう、目が滑らないっていうか、色々想像することができて」

「えー、もしかして褒めてる？　無理しなくていいよ。だってミズキ、ほんとは私みたいな絵柄って趣味じゃないでしょ。中々フォローだって返してくれなかったし」

風花さんが意外なことを言い出した。冗談かと思って彼女を見た。彼女の顔は相変わらず海に向いていて、指に下げた靴もそのままだった。靴のつま先から、規則的に水が滴《したた》り、地面に染みを作っていく。ぼくはその染みに目を落とした。

「なんですかそれ。インターネットに毒され過ぎですよ」

「そうだね。ごめんね」

風花さんはあっさり言って、濡れたままのシューズに足を突っ込んだ。

「でもさあ、ミズキっておかしくなることないの？　ネットに詩を上げたりして」

「……普通ですよ。どうしてですか？」

「私はあるよ。おかしくなること。だって普通じゃないよ、何万人、何十万人って人に、作品が見られるってことは」

「でも、評価されるってそういうことじゃないですか」

「ミズキは大人だね」

その口調にはどこか棘《とげ》があった。

「この前は赤ちゃんとか言ってたのに、ちぐはぐですね」

「あはは。ミズキって何も知らないくせに、時々妙に悟《さと》ったこと言うよね。子供なんだか大人なんだか……」

風花さんは歩き出した。ぼくもその横に並んだ。

すでに日は暮れ切り、ただ残光ばかりが空の端をうすく照らしていた。その光よりも強く、対岸のネオンサインは瞬いている。沖に目を遣ると、ウミネコがまさに何処《いずこ》へか飛び去っていくところだった。途切れ途切れに、そのかすかな鳴き声が聞こえてきた。

「作品は人の目に触れるたび、少しずつ死んでいくんだ」

ぽつりと風花さんは言った。

「それってどういう――」

ぼくは言いかけた。それと同時だった。

「あっ！　見て、あれ船じゃない？」

風花さんがはしゃいだ声を上げ、前方を指差した。

見ると、一艘の船が、ゆるゆると船着き場に近づき、今まさに接岸するところだった。

風花さんはぼくを待たず、駆けるようにして船着き場へ向かっていった。ぼくが追い付くと、船に乗り降りする人々に交じって、風花さんは遊覧船を眺めていた。

宇宙船でも模しているのか、ちょうど胴だけを残したイカのような扁平《へんぺい》な船体に、メタリックな加工が施されている。遊覧船だけあって、船室の大部分は薄青い窓によって覆われていた。それが照明によって、内部から光を放っている。漣《さざなみ》に船が揺れるたび、光もまたわずかにゆらいだ。

風花さんはただ、目の前の物体に熱中していた。その熱中は、数刻前彼女が観覧車に示したものと同じだった。そうして彼女は、この世界のどこよりも遠くなる。だがぼくはこうも思った。風花さんは見ることによって、自分を世界から突き放すことによって、己の内にある壊れやすい何かを守っているのではないか？

今日一日いっしょにいて分かったが、風花さんはかなり神経質な人だった。風花さんの顔色は、枝先の葉がどんな微かな風にも震えるように、頻繁に変化した。そして多くは負の方向を示した。彼女の顔は強ばり、引きつり、眉間《みけん》に皺《しわ》が刻まれた。また、態度の変化も激しかった。急に黙り込んでしまうかと思えば、突拍子もなく陽気になり、あれこれと一人で喋り出したりした。ぼくは今日まで、その後者の部分、彼女の融通無碍《ゆうずうむげ》な明るさだけを、ひとつの神秘として眺めていたのだった。

しかしひとたび何かに見入ると、風花さんはたちどころに平静になった。顔からは表情が消え、幼児のように無防備な、ある恍惚とした眼差しだけが浮かんでくる。きっと絵を描いているときも、彼女は同じ顔つきで、同じようにどこからも遠く離れた場所にいるのだろう。その時だけは何を気にすることも、怖れることもなく、世界と和解できるのだろう。ぼくはそう思った。というより、そう思いたがる自分を許した。

結局、ぼくは風花さんについて何も知らなかったのだ。

彼女はまだ船を見つめていた。ぼくは風花さんを促し、共に船内に入った。

すぐに船は出航した。ぼく達は窓際のロングシートに腰を下ろした。もうぼく達は喋らなかった。そんな体力は、どこにも残されていなかった。

風花さんは座ったまま腰をひねり、背もたれに片肘《かたひじ》をついて、暗い波の動揺に目を注ぎはじめた。

ぼくも外を見た。遠くに見えていたネオンサインが、急速に近づきつつあった。雑多な光の集合が、無数のビルの窓に、また商業施設の看板にと、見分けられるようになっていく。全てが光り、都市の夜景はごたごたと飾り立てられている。それは星空の拙劣な模倣だった。宇宙の星を引き毟《むし》り、だれかが地上へばら撒いたのだ。

船は隅田川を遡りはじめた。ライトアップされた幾つもの橋を、遊覧船はするするとくぐっていく。

この船は決して外洋に出ることはなく、都市の狭間を、朽ち果てるまで行き来しつづけるのだ。ぼくはそんな、当たり前の事実を思った。

ぼく達創作者も、所詮はこの船と同じだ。ぼく達は目の前を行き過ぎる風景に、決して手を触れたりはしない。どんな美しさも、醜さも、ただ一瞬窓に映すだけで、すぐに通り過ぎてしまう。

ぼく達は荒々しい外洋を夢見る。そこでの冒険や、水平線に沈む、純粋そのものの太陽を夢見る。しかしぼく達の船体は、航海になど耐えられない。外洋へ出た途端、ばらばらに壊れてしまう。……

白い尾を曳いてたちまち消えていく航跡《こうせき》、それがぼく達の作品だった。

ぼくは目を瞑った。もう何も見たくなかった。

隣に風花さんを感じた。風花さんはまだ海を見ているだろうか？見ているだろう、とぼくは思った。風花さんが、海を見ていてくれるなら、あんしんだ。

船体の心地よい振動に、ぼくはいつしか眠りに落ちた。

ぼくは夢を見た。ぼくと風花さんを乗せた船が、深い霧につつまれ、一寸先も見えない海上を漂っている。ぼく達はその状況になんの不安もないらしく、口も利かずに、ただ穏やかな気持ちでお互いの仕事に精を出していた。即ちぼくは詩を、風花さんは絵をかいていた。ぼくはこの時間が永遠に続けばいいと思った。詩はとめどもなく溢れた。それが傑作であることをぼくは知っていた。「でも、もうだれにも見せられませんね」ぼくは言った。風花さんは何か答えたが、ぼくには聞き取れなかった。風花さんはもうそこにはいなかった。この船には最初から、ぼく以外の乗客などいなかったのだ。

そこでぼくは目覚めた。船はいまだ暗い川を進んでいた。ぼくは隣を見る勇気がなかった。もう一度目を瞑り、夢のなかで書いた詩を、あの傑作を思い出そうとした。

しかしただの一行も、詩句が還ってくることはなかった。

9

ぼくの部屋からは桜の木が見下ろせた。臙脂《えんじ》色の屋根をした一軒家を挟んで、その桜はあった。桜は区立図書館のエントランスの脇に植わっている。窓に時々目をやると、図書館に出入りする人々の桜をふり仰ぐ姿が見られた。

ぼくには、桜は一夜のうちに満開になったとしか思えなかった。ある朝何気なく外を見ると、すでに満開の桜の枝が、たゆげに風に揺れていた。ぼくは自分の目を疑った。ぼくはこの異常に何か深い意味を読み取ろうとした。だが、最終的にぼくが出した結論は平凡なものだった。

つまりぼくは、外の景色を眺める余裕もないほど、創作に熱中していたのだ。

ここ一ヶ月というもの、ぼくと風花さんは三日にあげず作品を送りあっていた。あの即売会の日以降、風花さんの制作スピードは格段に上がった。ぼくもそれに合わせる形で、絵本に費やす時間を増やしていった。大学が休みでなければ、到底こなすことの不可能な執筆量だった。その甲斐あって、ぼくが担当する文章はほぼ書き終えてしまった。

ぼくはまた桜を見た。塵に汚れた窓を透《とお》して、やはり桜は満開である。だが目を凝《こ》らすと、満開の最中にあって、すでに桜は散り初《そ》めていた。風が枝を揺らすたび、白い火の粉のように、花片はぱっと宙に舞った。

当面の仕事をし遂げたぼくは、為すすべなく日を送った。開花のときとは打って変わって、今度は残酷なほど、桜の散り際をながめていることができた。

殊に夜、桜はよく散った。

旬日《じゅんじつ》を経ずして、花弁はあらかた落ちてしまった。

残された蕚《がく》の間から若葉が顔を出し、木の全体が、うすぼんやりした朱色に霞《かす》みはじめた頃、新学期がはじまった。ぼくは二年に進級した。


大学での過ごし方は、去年とあまり変わらなかった。ここではぼくを知る人はだれもいなかったし、特にそのことに不満を抱くでもなく、ぼくは黙々と履修科目の勉強をこなしていった。ノートを取り、教授の監視の緩い授業のときには、スマホで退屈を紛らした。

その日最後に入っていた四限の授業が終わった。

あらかじめ教科書類を片づけていたぼくは、リュックを右肩にさげ、他の生徒に先んじて教卓に向かった。そこに置かれたカードリーダーに学生証をかざして出席をとると、ぼくは教室を出た。ドアを閉めた途端、背後にあったざわめきが急速に掻き消える。

学生証を財布にしまい、リュックを両肩に背負いなおす。ここは校舎の四階だった。エレベーターは混み合うため、ぼくは階段を使って下へおりた。これからマキムラさんと会う約束をしていた。まだ時間には余裕があったので、一階にある図書館に寄ることにした。

図書館に入る前、ぼくは入り口正面の壁に貼りつけられた、夥《おびただ》しい数の張り紙に目を走らせた。新刊の入荷案内、大学と提携している美術館の企画展のチラシ、教授が新聞で受けたインタビューの切り抜き……。そうした雑多な張り紙にまじって、「在校生の活躍」と題されたコーナーができていた。拡大コピーされた雑誌の切り抜きらしきものがマスキングテープで留められており、その下に、「祝・小説新時代長編新人賞受賞」とあった。切り抜きには、こちらに笑顔を向ける受賞者の顔写真が載っていた。

それを見たときぼくが感じたのは、嫉妬《しっと》でも羨望《せんぼう》でもなく、奇妙な優越感だった。ぼくは顔を切り抜きに向け、しかし何も見ずに、身内に湧き上がる、苦い快楽に集中した。

踵《きびす》を返し、図書館には入らず大学を出た。外は暗く、カーディガンを通して、まだ冬の名残を感じさせる冷たい風が、かすかに肌に沁みた。大通りを渡るため、ぼくは歩道橋にのぼった。通路の中ほどで立ち止まり、手摺《てすり》から道路を見下ろす。四車線の大通りには無数のヘッドライトとテールランプが行き交っている。目を細めると、光は筋となって尾を曳いた。地方で高校に通っていた頃も、ぼくは放課後、歩道橋からよく通りを見下ろしたものだった。車はもっと少なく、ぼくの心は、今よりずっと疲れていた。

ぼくが抱く優越感、それは盗賊の誇りだ。いかに実績を上げようとも、決して公的には認められることのない、ならず者の誇り。ぼくは自分をさながら混血児のように感じていた。半分は正統な文学の血、半分は猥雑な、いかがわしい、ほとんど詐欺《さぎ》的とすら言える、ソーシャルメディアの血。ぼくはその混血を恥じた。恥が募《つの》って誇りになった。

——もしぼくの詩の価値が、得体の知れない「フォロワー」の数によってしか測られないものであったとして、それがなんだろう？　ぼくが浮薄《ふはく》な書き手として、堅物の詩人たちに冷笑せられたとて、それがどうしたというのか？　冷たくあることだ。衆人の評価によって自らを腐らせないために、心を凍らせるのだ。そして堂々と詩を書き、ぼくは……。

ぼくは一体、何になろうと言うのだろう？

⁂

……乗り換《か》えのため駅のコンコースを、帰宅を急ぐ人々に押し流されながら歩いていた。ふとぼくの目は、構内の柱に嵌め込まれた一枚の電子看板に吸い寄せられた。人波を掻き分け、その前で立ち止まった。電子看板いっぱいに、風花さんのイラストが映されていた。無記名だったが、彼女の特徴的な画風は見間違えようがない。イラストには、マイクを握りしめ口を開けた、ショートカットの少女が描かれていた。背景には都市のネオンサインが妖しくきらめいている。その絵はミュージシャンのアルバムジャケットに使われたものらしく、好評発売中、という赤文字が、アルバムタイトルと共に躍っていた。

そうだ、これでいいんだ、とぼくは思った。風花さんはこうして自分を貶《おとし》めることなく、なおかつ優れた作品を発表しているじゃないか。もちろん、詩とイラストの違いはある。活動規模の違いはある。だが、SNSを駆使して、己が美だと思うものを創造している点では同じだった。その共通点を通して、ぼくと風花さんは繋がっていた。

ぼくは風花さんと共に仕事をしている自分を誇らしく感じた。風花さんはぼくを、他でもないこのぼくを選んでくれた。

俄かに気分は浮ついた。ぼくは記念に、この広告を写真に収めておこうと思った。ぼくはスマホを構え、一歩後ずさった。その時だった。ひとつの言葉が、ぼくの脳裏に甦《よみがえ》った。

——作品は人の目に触れるたび、少しずつ死んでいくんだ。

ぼくは構えたままのスマホに見入った。カメラモードを起動した画面の中では、縮小された風花さんのイラストが、声を限りに何事かを歌うひとりの少女が、たよりなげに震えていた。ぼくは画面から目を背けた。人波に切れ間ができ、斜め前方にある柱の電子看板が目に入った。そこにも目前と同じ、風花さんのイラストが映っていた。ぼくはスマホを下ろした。そして視線を巡らせた。広いコンコース中に立つあらゆる柱に、風花さんのイラストがあった。柱の四面すべてに、少女の図像が、光を放って浮かんでいる。合わせ鏡に映したように、それはどこまでも続いている。……

10

「あぁ、そこにあるやつ持ってってっていいよ」部屋の奥からマキムラさんが言った。

三和土を上がってすぐのところに、口を開けた段ボール箱が置かれていた。中には同じ本が何冊も積まれており、一冊手に取ると、『面白ければそれでいい——時代を作ったアングラ野郎たち』とある。マキムラさんが書いた本だ。ここにあるのはその見本の山らしい。ややや厚手の紙を使ったソフトカバーの本で、コンビニにでも置かれていそうな造本だった。パラパラと頁をめくる。安っぽいフォントが使われていたが、内容は意外に堅実で、平成初期に活躍したアングラ文化の担い手たちの波瀾に富んだ生涯が列伝形式で描かれていた。

ぼくは本を手に持ったまま部屋に入った。マキムラさんは大きなモニターの傍で、なにやら機材をいじっていた。「ちょっと待ってて。まあ楽にしててよ」ぼくに背を向けたままマキムラさんは言った。

背負っていたリュックをクローゼットの傍に下ろし、ぼくはトイレを借りた。戻ってきてもまだマキムラさんは作業を続けていた。手持無沙汰に、ぼくは部屋の様子を眺めた。そこは十畳ほどの広さのワンルームだった。天井近くまで高さのある本棚が二つ、隣には収納付きのテレビ台、さらにその横に、以前ファクトリーの部屋にも置かれていた、ガラス製のショーケースがあった。他にはテーブルにソファー、ベッドと必要最低限の家具だけが置かれている。壁は打ちっぱなしのコンクリートで、それが部屋全体を殺風景に見せていた。以前彼の部屋の特徴を成していたゴシック趣味の名残を留めているのは、掃き出し窓の傍に置かれたベッドだけだった。ベッドは天蓋《てんがい》付きで、黒い紗のカーテンに覆われていた。しかしその豪奢《ごうしゃ》なベッドも、部屋の寒々とした印象を覆すには足りなかった。

「お、ようやく再生できた」マキムラさんが言った。

「何か観るんですか？」

「うん、映画」彼はリモコンを手に、ソファーに腰を下ろした。そしてぼくも知っている映画監督の名前を口にした。

「雑誌からその監督について書いてくれって依頼あったんだけど、ろくに観たことなくてさ、いま一から観てる。あんま配信されてないみたいで、借りて来るのめんどうだったよ」

「へぇ、そりゃ大変ですね」ぼくはカーペットに座り、クッションに身を預けた。

「でもこういう依頼が来ると、自分が文化人にでもなったみたいで面白いよ」

文化人、という語を強調してマキムラさんは言った。その語に込められた感情が嘲笑なのか羨望なのか、ぼくには分からなかった。

映画はすでにはじまっていた。青い海を背景に、一人の男が坂道をゆっくりと上ってくる。カメラはその男の姿を、長回しで捉えつづける。……

「そういえばさ、あれはどうなったの、風花と本作るっていう」マキムラさんは言った。

「順調ですよ」ぼくは答える。

「ってことは、もうすぐ出る感じ?」

「いや、ぼくのパートは終わってるんですが、風花さんのイラストがまだなんです。風花さんの絵って描き込みすごいんで、仕上げの作業が大変らしくて」

モニターにはスタッフロールが流れていた。一時間半の、あっさりした映画だった。映画は主人公が、海を背にピストル自殺する場面で終わっていた。スマホで調べると、興業的には失敗したものの、批評家からの評価は高かった、とある。まあそんな作品だった。

「風花、個展やるらしいじゃん」

外付けドライブからDVDを取り出しながら、マキムラさんは言った。

「ぼくは行くつもりですけど、一緒に行きます?」

「いや、俺はいいや」

またソファーに戻ってきたマキムラさんは、スマホに目を落とした。そして何か打ち明け話でもするみたいに、声に笑いを含ませて言った。

「正直さ、風花の絵柄ってそんなに好きじゃないんだよね」

特に意外でもなかった。ぼくは微笑した。

話すことも、やることもなくなったぼくらは沈黙した。部屋は防音が行き届いていて、隣室からの物音は一切聞こえてこなかった。ぼくはスマホを見ながら、帰る口実を探していた。ふいにマキムラさんが立ち上がった。

「よし、飯行くか」

と言って、ぼくの意向も聞かず、外出の準備を始めてしまった。とはいえぼくに異存はなかったので、居酒屋かどこかで軽く済ませられればいいが、などと考えながら立ち上がり、リュックに手をかけた。着替えながらそれを見ていたマキムラさんが、

「置いたままでいいよ。また戻ってくるんだし」

と言った。ぼくは何か言おうとしたが、結局言わなかった。

手ぶらのまま、先に玄関に向かった。途中、流しに目を遣った。うっすら埃のかぶったコンロの上に、大量の錠剤シートがごく無造作に積み上げられている。コンロの上には部屋の光が届かず、影になっていた。その影に身をひそめるようにして、赤や黄、ピンクに銀、紫といった、色とりどりのシートが、中に半端な数の錠剤を抱えたまま、身を反らしたり、折れ曲がったりしていた。

支度を終えたマキムラさんがやって来た。一瞬流しを見、しかし何も言わず、ぼくの肩を両手で押して、玄関に向き直らせた。

「ほらほら、行くよ」

マキムラさんは言った。

11

何度か絵本についての打ち合わせがあった。どうしても必要な打ち合わせ以外、風花さんは参加しなかった。だから大半は、ぼく一人で嵯峨に会った。幸い出版社が大学の近くにあったため、ぼくは授業の合間を縫って打ち合わせに参加することができた。

「ミズキさん、最近風花さんとはお会いになりましたか？」

嵯峨は口速に言った。彼は癖のある、だがよく通る声で話した。そこは以前風花さんと来たことのある、出版社近くの喫茶店だった。ぼくはミルクコーヒーを一口啜った。

「いえ全然」

「いやーそっすか。ほんと、あの人忙しそうだからなあ」

嵯峨は大げさに嘆息した。「電話も深夜にしか繋がんないんすよ。んで電話したらしたで朝まで離してくんないし。ドラキュラかって話ですよ。まあ、ちゃんと描いてくれたらそれでいいんですけどね。ミズキさんは通話とかはされるんですか、風花さんと」

この喫茶店は出版社がそばにあるだけあって、打ち合わせをする編集者と漫画家の姿が目立った。彼らは具体的な作品名を何度も口にし、お互いに信じられないくらいの長広舌をぶつけ合うので、すぐにそれと分かった。

「え？」

「風花さんと通話はされてるんですか」

「通話どころか、連絡先すら知りませんよ」

「ええ？」

「前からそうなんですが、会うときはいつも偶然なんです。交友関係が近いのでよく顔は合わせてましたが、誘い合って遊びに出かけるとか、そういうのは全然ですね。通話とかもしたことないです」

「いやいやいや」嵯峨は背を丸め、せっかちにコーヒーを啜った。「ほんとっすか？　だってあの人、通話のときミズキさんの話ばっかしてますよ。それで僕はてっきり……」

「まあ、噂をしたり、ＳＮＳでお互いが生きてることをなんとなく確認できれば、それでいいんじゃないですかね」

ぼくはミルクコーヒーに口をつけた。冷めていて、飲めたものじゃない。ぼくは飲むふりだけをして、カップを受け皿に戻した。

視線を、嵯峨の後方にあるガラス窓に向ける。道路を挟んで、灰色の雑居ビルが並んでいる。眺めは霞んでいた。目に見えないほど細い雨が、外では降りつづいていた。

もうだいぶ前に打ち合わせ自体は終わっていた。今交わされているのは、仕事の話で疲れた頭を休めるための、言わば整理運動としての雑談だった。打ち合わせにはこの種の雑談が付き物だ。そのことは理解していたが、今日は会話に身が入らなかった。ぼくは時刻を確認しようと、テーブルに置いていたスマホに指先で触れた。液晶が点灯し、ロック画面に設定している風花さんのイラストが浮かび上がる。無表情の天使。無表情の横顔。

「あ、もしかしてこれから学校ですか？」ぼくの動作に目を留め、嵯峨は言った。

「ええ。――いや、風花さんの個展行こうかなって思ってて」

「あーもう始まってましたか。ここのとこ僕も忙しくて、確認不足でした」

「会期けっこう長いんで、いつでもいいんですが……」

「早めに行ってあげて下さい。彼女も喜ぶと思います」諭すような口調で嵯峨は言う。

「僕も手が空いたら行くつもりなんで、もし風花さんに会ったらそう伝えておいて下さい」

「分かりました」

「あ、僕ここで少し仕事してから社に戻るんで、先出てもらって大丈夫ですよ」

ぼくは嵯峨を見た。嵯峨はいたって真剣な表情で、ぼくを促した。

「ご馳走様でした」ぼくは手短に言うと、リュックを手に席を立った。すれ違いざま嵯峨に目礼し、喫茶店を後にした。


地下鉄の階段をのぼり地上に出たとき、すでに小雨は止んでいた。空には晴れ間がのぞき、ビルの袖看板や電線、街路樹の葉についた水滴が、真昼の陽光を浴びて輝いていた。

ぼくは手にしていた折り畳み傘をリュックに仕舞った。スマホの地図で目的地を確認し、歩き出した。

大通りを脇道に逸れ、一見住宅街のような閑静な道を、地図に従って進んでいく。途中、Tシャツの上に着ていた七分袖のサマーニットを脱ぎ、くしゃくしゃのままリュックに突っ込んだ。ひどく蒸し暑い。つい先週、関東甲信の梅雨入りが発表されたばかりだった。道はどんどん入り組んでいく。建物と建物の狭間から、電線に区切られた空が見える。雲の形は曖昧で、それが時おり太陽を遮った。晴れ間が長く続くことはなさそうだった。

歩いていると、ブティックとギャラリーが密集しているエリアに出た。似たような建物が多く、数分辺りをさまよった挙句、ようやく風花さんが個展をやっているギャラリーを見つけ出した。

そこは外壁にレンガを用いた瀟洒《しょうしゃ》なビルの一階だった。エントランスは全面ガラス張りで、扉は外側に向かって開かれている。扉を挟んで左側のガラス面全体には、個展のメインビジュアルが描かれていた。どうやらイラストを出力したフィルムか何かを、ガラス面に貼りつけたものらしい。イラストの下部には「FUKA's EXHIBITION」とある。その傍には花籠が置かれ、「祝個展開催」と書かれた木札が刺さっていた。

ぼくは会場に入った。中途半端な時間に来たせいか、スタッフの他には誰もいなかった。三方の壁には、イラストの複製パネルが隙間なく並べられていた。パネルは大小さまざまで、中には横に二メートル近い大きさのものもあった。部屋の中央には白い長方形の台が置かれ、そこでは風花さんが過去に制作した画集が販売されていた。

まずはざっと展示を見てしまおうと、左手側の壁に近寄り、そこからゆっくりと会場を一周した。そして入り口に戻ろうとしたとき、ギャラリーの隅に据えられた、一台の簡素なテーブルが目に入った。周囲にはガイドポールが置かれ、青いベルトによって立ち入りが制限されている。その中で、ガラスを背に、まるで自分も展示品の一部でもあるかのように、ひっそりと、風花さんが座っていた。

視線はひたとぼくの顔に据えられている。一瞬、ぼくらはまじまじと見つめ合った。

「ようやく気付いた。無視されてんのかと思ったよ」

むっとした顔で風花さんは言う。

「ああ、どうも。こういうとこ入るの初めてで、緊張しちゃってて」

「ほんとかよ」

風花さんの手許には液晶タブレットがあった。ずっとここで絵を描いていたらしい。テーブルの上にはラベルを剝かれたペットボトル飲料やスマホ、菓子類の袋、ヘッドフォンなどが乱雑に散らばっている。

「まあ、来てくれてありがと。ちょうど暇してたんだ」

「ずっとここにいるんですか？」

「いや、たまに来て座ってるだけ。今ギャラリー近くのホテルに泊まっててさ、気が向いたら来れるようにしてるんだ。その方がお客さんも喜んでくれるし」

「気合入ってますね」

「まあね。イラストレーターが個展なんてそうそうできるものじゃないし、これが最後かもしれない、って思って」言いながら風花さんは立ち上がり、囲いから出た。

「風花さんならいくらでも機会はありますよ」ぼくは言った。

彼女はそれに答えず、入り口から外を見ていた。

「雨止んだんだ」

「ええ、だいぶ前に」

なおも風花さんは外を見ていた。もうぼくのことなど眼中にない様子だった。

ぼくは展示に見落としがないかと、辺りを見回した。そして入り口近くの壁に、文字の書かれた小さなパネルが掛かっているのを見つけた。ぼくは歩み寄り、それを読んだ。

個展の開催に寄せて、風花さんが書いたメッセージだった。


ずっと一人だって思うときがあります。

私は幼いころから絵を描くのが好きでした。いまも好きです。

仕事部屋で、液タブに屈みこんでいるとき、私はよく、むかしのことを思い出します。

体育準備室の匂い。手に付いた砂の感触。古いアニメのワンシーン。
押入れでやった携帯ゲーム。死んだ金魚の生臭さ。屋上から見た街並み。

そうして、ずっと一人なんだな、と思います。
一人でいるのは好きです。絵を描くのはもっと好きです。

そんな私ですが、なんと個展を開催させて頂くことになりました。驚きです。
お話をいただいた時は「本当に私でいいのかなあ」と卑屈な気持ちになり、
お酒をがぶがぶ飲んで眠ってしまいました。

こわい。こわいんです。
何がって聞かれても分かりません。ただ、無性にこわくなります。

イラストレーターをはじめて四年。
思えば、私に生活なんてなかった気がします。
見たもの聞いたもの、体験した全てが絵になって、消えていく。

その繰り返しでした。不安がなかったと言えばうそになります。

でも、私は絵を描くのが好きでした。


個展を開くのもこれが最後になるかもしれない。

そう思って、詰め込めるだけの絵を詰め込みました。

ここには、私が私として生きた証の、すべてがあります。

どうぞ見ていってください。お暇でしたら、たしかめてください。

(私はただ、私みたいな人間が、ひとりくらい、この世界にいてもいいって、
そう、思いたいだけなのです)

「展示の前、ちゃんと人来るか心配で病んでたんだ。ポエムみたいでしょ？　ミズキに読まれるの、なんかハズいな」

耳許で風花さんが言った。いつの間にか、彼女はぼくの傍に立っていた。

「風花さんて、不思議な文章書きますよね」パネルに目を向けたまま、ぼくは言う。

「ミズキに言われたくない」

「褒めてるんですよ。ぼくは好きだな、風花さんの言葉」

横を見ると、風花さんはぼくに背を向けて会場を歩いていた。風花さんは濃紺のスウェットの下に、黒いサテンのロングスカートを穿いていた。足を動かすたび、それはさらさらと精妙に波打つ。彼女はしばらくの間、無言で会場内を行ったり来たりしていた。

と、風花さんは立ち止まった。展示されている絵を指差し、

「絵を見て、絵を！」とほとんど怒鳴るみたいに叫んだ。奥のレジに座っていたスタッフの女性が、ぎょっとした顔をこちらに向けた。風花さんは少し気が立っているようだった。

「絵ならたっぷり見ましたよ」

ぼくは冷たくもなく、やさしくもなく、さりとて呆れているでもない、いたって平静な、だが親しみを込めた口調を意識して言った。言った後、その口調が以前、焼肉の席で片桐さんが風花さんに向けていたものにそっくりだということに気づいた。

「よかった？」風花さんは訊いた。

「よかったですよ」とぼくは答え、彼女の隣に立つ。二人並んで、絵を眺めた。

ここにある絵はみんな素敵だ。一つ一つのイラストに、一つ一つの世界がある。その色彩に富んだ世界では、あるべきものが、あるべき場所に描かれていた。樹木は濃い影を投げ、海は光に満たされている。少女は笑い、天使は笑わない。「かくあれ」と神が願ったように、全ては自然で、永遠だ。展示全体が、優れた詩集の目次のように美しかった。

「ねえ、何考えてるの？」

エントランスから日が射し、ギャラリーは光に満ちて静かだった。展示品を保護するためか、部屋は除湿が行き届いていて、空気までが軽い。この場所だけ、現実から切り離されたように清浄だった。

しばらくぼくは黙っていた。そして言った。

「このまま誰も来なきゃいいのに、って思ってたんですよ」

二〇二〇年

1

ドアを開けると、エアコンで冷やされた空気が浴室に流れ込んできた。火照った肌に冷気が触れ、全身の毛孔《けあな》が引き締まる。急速に汗が引いていくのを感じる。ぼくはタオルで髪を拭いながら、バスマットで丁寧に足裏の水気を取ると、浴室を出た。

髪をタオルで擦る、がさついた音の狭間から、男のしわがれた声が耳に入った。ぼくは下着姿のままベッドの端に腰かけ、枕の傍ら、マグネットタイプの充電器の上に載っているスマホの液晶を、中指の先で軽くタップする。

ロック画面が点き、壁紙を隠すように四角いミニプレイヤーが表示される。タイトルには「牧野慎一のパーソナル会議」とあり、オンライン授業がまだ継続中であることを示していた。プロの配信者に慣れた耳にとっては、些《いささ》か聞き取りにくいノイズまじりの音声が、なおもスマホからは流れている。民俗学の講義だった。会議アプリで授業に参加し、レポートさえ提出すれば単位がもらえるため、ぼくは一度としてこの講義を通しで聞いたことがない。脈絡の分からない話を聞き流しつつ、青いバスタオルを洗濯籠に放り、立ち上がった。そして準備しておいたスウェットのショートパンツに足を通し、半袖のTシャツを着た。

デジタル時計に目を遣ると、十二時五十分だった。ちょうどそのとき、教授が言った。

「――では、本日の授業はここまでとします。えー、何度も申し上げている通り、来週から試験期間に入りますが、対面でのペーパーテストは行わず、代わりにレポートを提出してもらいます。提出がなければ単位の認定はできないため、くれぐれも、期限までに私のメールアドレスまで、学生番号と名前を添えてレポートを送信するようにしてください。あー、以上です。お疲れ様でした。もう退出してもらって結構です」

教授の声が途切れると同時に、受講生たちがミーティングから退出したことを示す電子音が一斉に鳴り出した。ぼくもスマホを手に取り、アプリを開くと退出操作をした。九十分間に亘《わた》って講義を中継しつづけたスマホは熱を帯び、軽く支えているだけで手のひらが汗ばんできた。ぼくはスマホをベッドに投げた。

立ったまま、掃き出し窓に目を向ける。紺色の遮光カーテンが左右に開かれ、その下に引かれた白いレースを透して、夏の日差しが部屋を明るませていた。

ぼくはデスクの前に座った。ＰＣを操作し、文章作成ソフトを開く。椅子の上に立て膝をついて、白紙のままのページを見つめる。今のうちに、今週分のエッセイを書き上げてしまわねばならない。ぼくはキーボードに指を置いた。一向に文章は浮かんでこない。首をひねり、ベッドを見る。裏返ったスマホが、投げ出されたままになっている。

椅子を下り、ベッドまで行くと、ぼくはスマホを取り上げた。その場でＳＮＳを開くと、親指を下から上へ弾きつづける。やがてタイムラインは尽き、それ以上なにも読み込まなくなった。タイムラインに一度も風花さんの名前が表示されなかったことを確認したぼくは、検索窓に彼女のユーザーIDを入力し、直接プロフィール画面に飛んだ。

相変わらず、なんの変化もなかった。

風花さんのSNSは、三ヶ月前の投稿を最後に、更新が途絶えていた。

2

去年の秋、ぼくと風花さんが共作した絵本は『天使に捧ぐ』というタイトルで出版された。風花さんは本が校了するとすぐに国内旅行に出てしまい、発売日にも東京を離れていた。嵯峨が内々で企画していた出版記念の打ち上げも、そのために流れた。

ある日SNSを覗くと、風花さんが海を背景に絵本の写真を撮って投稿していた。キャプションには「天使をさがして」とある。だがよく見ると、海と思ったのは高所から見下ろした地上の景色で――恐らく山の頂上からでも撮ったのだろう――地上はうすみどり色にかすみ、青空と見分け難くなっていた。ぼくはそれを海と錯覚したらしい。いずれにせよ、風花さんが楽しく旅行できているなら何よりだ、とぼくは思った。

ぼくはぼくで、ただ無為に日を送っていた訳ではなかった。当然学校には通わねばならなかったし、風花さんが東京を離れている分、絵本に関するインタビューはぼくが代わりに受けねばならなかった。そう多くはなかったが、インタビューを受けるたび風花さんに確認のDMを送り、原稿も読んでもらっていた。「まかせた！」「ありがと！」「確認した！」返信はいつも短文で、即座に返ってくることもあれば、一週間返事がないこともあった。それはいかにも風花さんらしい対応で、たとえ事務的なものであったにせよ、彼女とやり取りをする糸口がこうして残っていることをぼくは喜んだ。

この頃になると、ぼくの心は明確に風花さんへと傾斜していた。けれど、結局のところ、その傾斜が何を意味するのか、ぼくにはうまく摑めなかった。ただぼくとしては、このまま風花さんとの関係を仕事上のものだけで終わらせてしまうのが、どうにも惜しい気がしたのだ。ぼくはもっと彼女について知りたかった。

十一月初旬、風花さんが東京に戻ってきたと知ると、ぼくはすぐさまDMを送った。絵本の打ち上げも兼ねて、彼女を観劇に誘ったのだ。

当日、風花さんは電車を一本逃したとかで、中々やってこなかった。ぼくは待ち合わせ場所の駅の構内で、柱に凭れて立っていた。手にはキオスクで買った漫画雑誌が開かれていたが、読んでいるわけではなく、手持無沙汰を紛らわすためのものだった。ぼくはスマホを取り出すのももどかしく、腕時計に目を遣った。風花さんが遅れることを見越して、集合時間は早めに告げてあったので、よほどのことがない限り、開演に間に合うことはあらかじめ分かっていた。だから、これもあまり意味のない動作だった。

そのとき、人混みの中から風花さんが近づいてくるのが見えた。視線をさまよわせ、ふらふらと不審な動きをしている。どうやらぼくを探しているらしい。ぼくはすぐには出ていかず、じっと彼女を観察した。青いスカジャンのポケットに両手を突っ込み、首を突き出すようにして、辺りを睥睨《へいげい》している。灰色の髪に縁どられた白い顔が、雑踏から浮かび上がって見える。すっと通った鼻筋に、固く引き結ばれた口許。風花さんは歩を止めて、野面に降り立った雉のように、首だけを鋭く動かした。顔全体の造りは大人びているのに、変わりやすい表情と落ち着きのない挙動のせいで、彼女は年齢以上に幼く見えた。やがて、彼女の視線が一点で静止した。ぼくを発見したようだった。

「ごめんごめん、間に合いそう?」小走りでこちらに急ぎながら、風花さんは言った。ぼくはさもたったいま風花さんに気付いたといった顔をし、彼女に笑いかけた。

途中休憩を挟み、二時間半ほどで舞台は終わった。ぼくにとってこの演目を観るのは二度目だった。それはロングランを続けるブロードウェイミュージカルで、面白い部分もつまらない部分も、事前に分かっていた。人物も、音楽も、大掛かりな演出も、ぼくにはどうでもよかった。ぼくはただ、隣で笑ったり、オペラグラスを覗き込んだり、身じろぎしたりする風花さんの存在を、座席の肘置きだけを隔てて、総身に感じていた。

劇場を出た。日はとうに落ち、街灯が煌々と夜道を照らしていた。劇場は海に程近いビジネス街にあった。ビルに囲まれた幅の広い歩道を、観劇を終えた人々が一団となって駅へ流れていく。ぼく達はその流れの中を、劇の感想を言い合いながら歩いた。風花さんは道化役の一人が気に入ったらしく、その人物のことに触れては、堪えかねたように何度も吹き出した。

「でもさあ、ミズキが勧める位だからどんなヤバい劇かと思ってビクビクしてたら、普通に楽しいミュージカルなんだもん。びっくりしちゃった」まだ少し笑いを顔に残しながら、風花さんは言う。

「そんなに意外でした？」

「うん。だってなんか、もっと厳《いか》ついの観せられるかと思った。不条理的な」

「ぼくをなんだと思ってるんですか？」信号が赤に変わり、高架下の横断歩道の前で立ち止まった。車通りはほとんどなかった。のんびり歩いていたせいで、ぼくと風花さんは観劇帰りの人波から切り離された。道路を挟んで、着飾った人群れが遠ざかっていく。ぼくは少しの間それを見送ると、また口を開いた。

「ぼく、劇場に行ってまで頭を悩ませたくないんです」

風花さんは口許で微笑み、「普段はあるの？　頭を悩ませることが」

からかうような口調だった。ぼくはそれには答えず、

「単に陽気なものが好きなのかもしれません。ミュージカルを観てると、こんなに人間を楽しませることに特化した芸術は他にないなって思いますよ」

ぼくはわざと大袈裟《おおげさ》に言った。

しばらく風花さんはぼくの顔を疑わし気に見つめていたが、

「ふぅん」

と曖昧な返事をし、それきり会話は打ち切られた。

駅に着いたとき、ぼくは言った。

「どうします？　これからご飯でも行きますか？」

「ごめん、今日朝からお腹の調子悪くてさ、行けそうにないや」

風花さんはあっさり言った。その表情からは、言葉の真偽は読み取れない。

プラットホームで電車を待つ間、ぼく達はお互いに使用している止瀉薬《ししゃやく》について話し合った。ぼくが液体カプセルを使った即効性の高い商品を勧めると、今度ためしてみる、と風花さんは言った。それから、他に飲んでいる薬があるか聞かれたので、整腸剤位ですかね、と答えると、めっちゃ健康じゃん、と言って、彼女は笑った。

電車の中で風花さんはタブレットを取り出し、ぼくに旅行中の写真を見せてくれた。

「旅行、疲れました？」写真そのものより、カメラロールを繰る彼女の指先を見つめなが

ら、ぼくは訊いた。

「楽しかったですか、じゃないの？」四角に区切られた海が、家が、港が、路地が、山が、街が、上へ上へと流れていく。風花さん自身の姿がうつされた写真は、一枚もない。

「楽しかったですか？」

「ちょっと疲れた」風花さんは指を止めた。「でも、私旅行してないと駄目なんだよね。ずっと家に籠ってるとさ、目の前の風景がどんどん色褪せていって、生きてるのが辛《つら》くなっちゃう。全てが灰色になって、重たく濁った感じになるの。だから遠くへ行って、世界を新しくしないと駄目なんだ。ねぇ、ミズキは旅行すき？」

「ぼく、修学旅行以外で旅行ってしたことないんですよね」

「えーッ！」風花さんは車内中の視線を一瞬惹きつけるほど、大きな声を出した。

「ほんとに？　なんで？」

「なんでって……じっとしてるのが好きなんでしょうね。一日中部屋にいて窓の外の光の変化を眺めていたり、せいぜい外出しても、まあ近所を散歩するくらいで十分なんです。同じ道でも、時間帯や行き帰りで風景は変わりますし、道行く人だって毎日違います。鳴いている虫も。ぼくには世界って、それだけで結構刺激的なんです」

「それは……ミズキが詩人だから？」

「逆じゃないですかね」

「逆って?」

「つまり……」ぼくは少しのあいだ考え込んだ。「昔からこうなんですよ。子供の頃、親が福引か何かでハワイ旅行を当てたことがあったんです。そのときも、ぼくは嫌だって言って行きませんでした。ぼくは、勝手に周囲が変化していくのを見てるのが好きなんです。遠くへ行かなくても、見ている風景やその意味は、知らず知らずのうちに変わっていきます。それがぼくには不思議で、面白いんです。詩っていうのは、その副産物みたいなものなんじゃないですかね」

ぼくは一息に喋ったせいで半ば貧血のようになり、胸が苦しくなるのを感じた。

「私は……」風花さんは言いさしたまま、ふっと黙り込む。あるいは喉許まで、ぼくの生き方を否定するような言葉が出かかっていたのかもしれない。

ぼくは深呼吸をし、息を整えた。

ぼくらの街が近づくにつれ、一駅ずつ、乗客の数は減っているようだった。今では座席に若干の空席がある。電車は夜の闇の中を、滑るように走っていく。ぼくは正面の車窓にうつる、俯いた風花さんの像に目を据えながら、言った。

「今度、ぼくも旅行に連れてってくださいよ」

風花さんが顔を上げた。それは実にゆっくりとした動作だった。ぼくは暗い車窓にうつる風花さんの姿が、それでもしっかりと色を持っていることに、新鮮な驚きを覚えた。風花さんもまた車窓にうつる像を通して、ぼくを見ていた。

　ぼくらの視線は、車窓の上で交わった。

「いいよ」風花さんはこだわりのない口調で、

「でも、来年だね。いまは仕事が山積みだし。行きたいとこ、考えといて」

「風花さんが行きたいとこでいいですよ。ぼくは付いていくだけで」

「駄目だよミズキ、自分で考えないと」

「はい」

「よろしい」

　風花さんは笑った。瞬間、電車がプラットホームに到着し、その笑顔も光の中に掻き消えた。ぼくが視線を隣に向けたとき、風花さんはまた俯いて、手許のタブレットに目を落としていた。画面は、無数の海の写真で埋め尽くされていた。

3

　それからまた数ヶ月は風花さんに会わなかった。この頃から風花さんのＳＮＳは更新が滞りがちになり、メッセージを送ってもなかなか返事が来なくなった。ようやくまともに連絡が取りあえるようになったのは年が改まりだいぶ経ってからで、気づけば風花さんの誕生日が近づいていた。会う口実を探していたぼくは、誕生日にかこつけて再び風花さんを観劇に誘った。風花さんは今度もあっさり了承してくれた。

「でもほんとにいいの？　チケット代出してもらっちゃって」

「いいですよ。誕プレの代わりってことで」

二階にある劇場ロビーに向かうため、ぼく達はエスカレーターに乗っていた。一つ上の段にいる風花さんはベルトに片手を置いたまま、肩越しにぼくを見下ろした。

「やさしいんだね、ミズキは……。ねえ、誕生日いつなの？　絶対なんかお返しするよ」

ぼくは誕生日を告げた。

「夏の終わりだね。わかった。覚えとく」

エスカレーターが終端まで来た。風花さんはぼくが渡したチケットを手に、受付まで向かっていく。集合場所を直接劇場にしたところ、風花さんは開演ぎりぎりにやって来たため、もうあまり時間がなかった。だから、ぼくは取り敢えずそのことには触れないでおいた。先をゆく風花さんの髪は、見慣れた灰色から、輝くばかりの金色に変わっていた。

終演後、ぼくはロビーで風花さんを待っていた。今回は隣同士の席が取れなかったので、出るときは別々だった。今日観たのは古典を現代風にアレンジした作品だったが、主演に著名な俳優が起用されていたこともあって、観客は目立って女性が多かった。口々に感想を言い合う甲高い声が、無数にぼくの傍を通りすぎていった。風花さんは中々やって来ない。トイレにでも寄っているのだろうと思い、ぼくはなおその場に立ちつづけた。やがて、帰宅する観客の列が完全に途絶えた。それでも風花さんは出てこない。ぼくが中に戻りかけると、おずおず、といった様子で、ようやく彼女はロビーに姿を現した。

「一体どうしたんですか?」ぼくは声を掛けた。

風花さんはまだきょろきょろと辺りを窺っていたが、ぼくの傍まで来ると、会場入り口にある円柱に貼りつけられた、大きな公演ポスターを指差した。

「ここでみんな写真撮ってたでしょ? 私、写り込むの嫌だから、中に隠れてたの」風花さんは眉根に皺を寄せ、眩しそうにロビーの照明を見上げた。

「そうですか」ぼくは彼女の挙動に若干のおかしさを感じていたが、真面目くさった顔で答えた。

劇場を出る前に、ぼくは尋ねた。「気になってたんですが、その髪ってどうしたんですか?」

「ああ、これ?」風花さんは自分の髪に無造作に手を突っ込み、くしゃっと持ち上げた。

「染めたんですか?」

「違う違う。色落ちちゃっただけ。ほっとくとすぐこうなっちゃうんだ」

自動ドアを抜け、ぼく達は外に出た。十四時を少し回ったところだった。寒さが厳しいせいか、いつもは賑わっている劇場前の広場も、今日は心なしか閑散としていた。風花さんは白い息を吐き、顔を顰《しか》めた。

「最近美容室にも行けてなくてさ。アニメみたいに、ずっと髪色変わんなきゃいいのに」

「大変なんですね」

「色は落ちるわ納期は落とすわ、生きるのは大変だよ」

おどけて笑う風花さんの顔には、たしかに疲労の翳があった。日差しの下であらためると、それは一層顕著だった。薄い化粧に覆われて、一見顔色は良く見えるが、表情にはいつもの張りがなく、瞼《まぶた》がときおりピク、と痙攣した。

ぼく達は広場を突っ切り、駅へと向かう道を進んでいた。これからどうするかは話さなかった。歩いているうちに、行く先も自然に定まるだろう。駅に近づくにつれ、人混みは稠密《ちゅうみつ》になっていく。ぼく達は肩を接するようにして歩いた。時々肩と肩がぶつかって、コートの布地越しに、風花さんの脆そうな骨の感触が伝わった。

駅の入り口を過ぎ、少し進んだあたりで、突然風花さんは足を止めた。傍には駅と直結した百貨店のショーウィンドウがあり、中には季節に先んじて春服を着たマネキンが三体、無表情に佇んでいた。だが風花さんの視線はショーウィンドウにではなく、あくまでぼくの顔に注がれていた。

風花さんは僅かに首を傾げ、「あれ、言ってなかったっけ？　これから私美容室行くから、付いてこなくて大丈夫だよ」

　ぼくはまじまじと風花さんの顔を見つめた。

「初耳なんですが」

「あはは、言うの忘れてた」少しも悪びれる風を見せず、「街に出てくる機会ってあんまりないからさ、ついでに予約しちゃったんだよね。髪も染め直さないといけないし」

　今回ばかりは、二人でお茶くらいできるだろうと考えていたぼくは、二の句が継げなかった。ショーウィンドウには、悄然《しょうぜん》と立ち尽くすぼくの姿がうつっている。それを目の端で意識しながら、ぼくはこの惨めな気分が、表情にまでは表れていないことを祈った。

　ぼくは笑みのようなものを顔に貼りつけ、努めて陽気に言った。

「分かりました。美容室までお供してもいいですか？」

「送ってくれるの？　よし、じゃあ行こう」

　道中、ぼくは風花さんと軽口を叩き合っていたが、次第に頭は考えに沈んでいった。風花さんは、どこまでが本当なんだろう？　ぼくは風花さんが、駆け引きを仕掛けてくるような人には思えなかった。なら今日のようなことは、遠回しの拒絶の仕草なのだろうか。しかしだとしたら、そもそも誘いに乗ってくる理由がわからない。

「でさあ……聞いてる？」

「聞いてますよ」

それに、わからないのはぼく自身が、風花さんとの関係をどこに持っていこうとしているのか、ということについても同じだった。ぼく達はどこへ行こうとしているのだろう？

隣で笑う風花さんの金髪が、風を受けて首許で活発にそよいだ。研ぎ澄まされた冬の陽に、髪の一筋々々がきらきらと輝いている。ぼくはその輝きを、何か惜しいもののように、じっと眺めていた。

4

そして四月になった。年明けから流行の兆《きざ》しを見せていた新型の感染症が世界的な規模で感染を拡大させ、それはいつしか「パンデミック」と呼ばれるまでになっていた。

ぼくの通う大学でも、春休みが五月まで延長された。全てが宙吊りのまま、上京三年目の春が過ぎようとしていた。

そんなある日、マキムラさんから連絡があった。

「いまから家来れる？」

という言葉だけが、スマホのポップアップには表示されていた。アプリは開かぬまま、しばらくその通知を見つめていると、追って住所が送られてきた。それはマキムラさんの新居の所在地らしかった。彼は最近また引っ越しを行っていた。新居がぼくの家の近くであるということまでは聞いていたが、実際に訪ねたことはなかった。

住所には、一駅隣の町の名が記されていた。

ぼくは目を瞑り、また開くと、衣装ケースの上で埃を被っているデジタル時計に目を遣った。十九時半だった。スマホで既に時刻は分かっていたので、その動作に意味はない。ぼくはスマホを手に椅子から立ち上がり、気忙しく部屋の中を行き来した。それでもポップアップを眺める以上のことをする気は起こらなかった。ぼくが衣装ケースとベッドの間に立って、二分ほどスマホの画面を凝視していると、またポップアップにメッセージが追加された。そこにはこうあった。

「風花も来るかも」

電車に乗る気はしなかったので、ぼくは徒歩でマキムラさんの新居へ向かった。四月にしては寒い夜で、ぼくはトレンチコートのポケットに手を突っ込んで歩いた。家を出るときにはマスクを付けていたが、誰ともすれ違わないので、そのうちに外してしまった。

マキムラさんの新居は三階建ての無骨なマンションだった。築年数は古そうだが、どんな巨大地震が起こってもビクともしなそうだった。壁に取り付けられた操作盤に部屋番号を入力しマキムラさんを呼び出すと、エントランスに通じるドアの鍵を開けてもらった。

部屋の中は案外に広く、以前の住居と大した違いはなかった。家具の配置もそっくり同じで、わずかな違いと言えば、コンクリートの打ちっぱなしだった壁がここではくすんだクリーム色の壁紙に覆われていることと、かつては天蓋付きだった黒いベッドから、きれいに天蓋が取り払われていることくらいだった。どうやらまだ荷解きの途中らしく、部屋の至る所に未開封の段ボールが積まれていた。

「わざわざすまんね」マキムラさんは、何故か宥《なだ》めるような笑みを浮かべた。

「あれ、風花さんは？」ぼくは訊いた。部屋に風花さんの姿はない。

「遊びに来ないかって誘ってみたんだけど、まだ返事なくてさ。でもあいつのことだから見てはいると思うし、そのうち来るんじゃないかな。たぶん」

「はあ」

「それよりさ」とマキムラさんは空の本棚の前に積まれた段ボールを指差した。「荷解き手伝ってくれない？　夕飯おごるからさ」

端からそんなことではないかと思っていた。ぼくは苦笑した。「じゃあ、ちゃっちゃと片づけちゃいますか」

「よし」とマキムラさんは言って、段ボールの前に屈み込んだ。苛々《いらいら》と爪でガムテープの端を剝がし、それを指先でつまむと、上に勢いよく引っ張った。ガムテープと共に段ボールの表面が剝げ、波形のボール紙が露わになる。力任せにやったせいで、ガムテープも最後まで剝がれ切らず、途中で切れてしまっている。だがマキムラさんは意に介さず、蓋の隙間に手を突っ込んで、接着部分ごと段ボールを毟り取った。ぼくはその動作を黙って見守っていた。ぼくはマキムラさんの、そういうところが好きだったのだ。

⁂

　マキムラさんから受け取った本を、一冊一冊、慎重に本棚に詰め込んでいく。本はそれぞれサイズに合った透明なブックカバーが被せられており、どれも経年の劣化を感じさせない美品である。本棚に収まった本は照明を反射して、つやつやと光って見えた。

　ぼくの背丈ほどもある二つの大きな本棚は、なかなか埋まりそうになかった。

「大学はいまどうなってんの？」また新たな段ボールを開封しながら、マキムラさんは言った。

「まだ春休みです。なんか休みがひと月延びちゃって」

「え、そうなんだ。いいね」

「大学側もごたついてるみたいで、休みが明けてからもどうなるかはよく分からないです」

「はい、これ」マキムラさんはぼくに本の塊を手渡し、「じゃあ仕事の方は？」

「変わりないです。エッセイの連載が一本と、後たまにくる詩の依頼とか。でも次の本の準備もしなくちゃなので、そこそこ忙しいです。休みが延びて良かったですよ」ぼくは並べた本の背をそっと押し、凹凸を揃えた。「マキムラさんはどんな感じですか？」

「俺は……」と言いさしたまま、彼はなかなか語を継ごうとしない。ぼくは本がドミノ倒しにならないよう手で押さえながら、彼をそっと見下ろした。彼は膝立ちのまま、何冊かの本を手に俯いている。背表紙を眺めているようだったが、表情は分からない。ぼくから見えるのは、肩の辺りまで伸ばされた、所々に金のメッシュが入った黒髪だけだ。それは彼の後頭部で波打ち、針金のように硬く強ばっている。

「今、小説書いてるんだ」躊躇《ためら》いがちに、彼は口を開いた。「出版社から話があって。あまり大きな所じゃないけど、自由に書かせてくれるって言うし、丁度いい機会だから引き受けた。俺もいつまでも燻《くすぶ》ってる訳にはいかないし、こういう生活を長く続けていられるとも思ってない。何かが必要なんだよ。書き捨ての雑文でも、ネットで受けのいい記事でもない。誰もが黙り込むような、文句の付けようのない実績がさ。なぁ、ミズキ」マキムラさんは顔を上げ、ぼくを見た。いつもと変わらない、どこか眠たげで、繊細とも粗野とも言いかねる熱っぽく大きな瞳が、ぼくの顔を凝視していた。

「俺ももうすぐ三十になるんだ。まったく、遣り切れないよ」

しばらくの間、ぼく達は無言のまま作業を続けた。黙って手を動かしているうちに、あれほど広大に思えた本棚の空白も、着実に埋まっていった。ぼくは手を伸ばし、本棚の最上段の隙間に、残っていた数冊の文庫本を押し込んだ。それで仕事は終わりだった。

「いやあ、ありがとね。助かったよ」マキムラさんは最後の段ボールを潰してしまうと、部屋の隅にまとめて立てかけた。辺りには段ボールとガムテープの滓が散乱していて、足に触れるたび枯葉に似た音を立てた。「それじゃあ飯行くか」マキムラさんは言葉とは裏腹にソファーに向かうと、その上で胡坐《あぐら》をかいた。そして靴下に貼りついたガムテープの破片を指で剝がし、まるめて床に放り投げた。

ぼくは本棚から一歩後ずさり、労働の成果を確認すると、部屋中に撒き散らされた薄茶色の紙屑をひとつひとつ摘み上げ、ごみ箱へと運んでいった。目立つものだけを処理すると、ぼくは洗面所で手を洗い、部屋に戻った。

マキムラさんはソファーに腰かけ、両膝に肘をついてスマホを見ていた。ぼくが近づくと「風花がなんか投稿してる」と言った。その言葉は乾いた笑いと共に吐き出された。

床に放り出してあったスマホを手に取ると、ぼくもSNSを確認した。三十分程前に、一枚の写真が風花さんによって投稿されていた。歩道からどこかの通りを撮影したものだろうか、手前にはイチョウの柄の入った緑色のガードパイプがあり、その先に二車線の道路があった。車の姿は見えない。路上には点々と、桜の花片がへばりついている。道路の向こうに、シャッターが下ろされた何かの店のテナントが、ぼんやりと写り込んでいた。その光景の全てを、白っぽい街灯の光が照らし出している。

「ま、いいか」マキムラさんは立ち上がり、「あー腹減った」と言って、身支度をはじめた。まるで風花さんの投稿などはじめからなかったみたいに。

ぼくは胸騒ぎがした。あの写真にうつされた景色に、見覚えがある気がした。しかしそれはあまりに微かで、ほとんど捉えどころがなかった。得体の知れぬ焦燥が、ぼくの胸をじりじりと焼いた。ぼくは急いで帰り支度を済ませると、マキムラさんに言った。

「すいません、今日はもう帰ります。お食事はまた今度にでも」

マスクの紐を耳に回していたマキムラさんは一瞬だけ動きを止め、しかしまたすぐに動き出した。「分かった」マスクの奥から、幾分くぐもった声が聞こえた。

その声は平坦だったが、彼の瞳は、不思議なものを見るように見開かれていた。

5

マキムラさんとはマンションの前で別れた。五分と掛からぬうちに通りへ出ると、ぼくは周囲を仔細に検分した。そして先刻、風花さんの写真を見て抱いた既視感の正体を発見した。車道と歩道とを区切っているガードパイプがそれだった。ガードパイプは緑色で、中にイチョウの模様があしらわれている。あの写真にうつっていたのと同じ規格だった。

それに——とぼくは、二年前の印象深い出来事を思い出した——このガードパイプは、あの日の朝、風花さんが自転車を立てかけていた奴じゃないか。鍵のかかっていない黄色い自転車は、まさにこの、緑色をしたガードパイプに、寄り添うようにして置かれていた。それでぼくは、このイチョウの模様をよく覚えていたんだ。思えば、あの朝の光景こそが、ぼくが風花さんに興味を抱くきっかけとなったのだった。

ぼくはもう、風花さんがこの辺りにいると確信していた。あるいは何か面倒事に巻き込まれてでもいるのかもしれない。ぼくは通りを見渡した。東から西へと、ガードパイプはどこまでも続いている。どの道、風花さんがマキムラさんのマンションへ向かうには、この通りを使わなければならない。ぼくは西へ、ぼく達の住む街のある方角へ歩き出した。

⁂

ぼくは一直線に続く通りを、周囲に隈なく目を走らせながら、一路西へ向かって進んでいった。その通りは美しい桜並木によって知られていたが、花はだいぶ前に吹き散らされた後だった。枝にはもう若葉が付きはじめている。その下を歩いていると、散り残っていた桜蘂《さくらしべ》が、ほとりほとりと、音もなく足許に落ちてきた。地面は薄桃色の花びらと、紅色の桜蘂でまだらに染め上げられている。足音が地面に吸われていくようだった。

ぼくは歩きながらスマホを取り出し、もう一度風花さんの写真を確認するためＳＮＳを開いた。しかし投稿は既に削除されてしまっていた。ぼくは彼女にメッセージを送った。返信はいつまで経っても来なかった。

ぼくは気が急いて小走りになった。小走りはやがて駆け足になり、風景はすごい勢いで背後に流れていった。足裏には、桜の花びらを踏みしだく柔らかな感触があった。幸い、通りには人っ子一人いなかった。猛然と疾走する救急車が一台、ぼくを追い越していっただけだった。

やがて、それまでは区の行政施設が建ち並び、圧迫感さえあった沿道の風景に、ぽっかりと空白が生まれた。視界が左方に開け、まばらに樹木の植わった、平坦な砂地が現れた。そこは公園らしく、奥行きのある土地の真ん中に明るい色で塗装された複合遊具がひとつと、他にも隅の方には何脚かのベンチが置かれていた。ぼくはそれだけのことを横目に見て取ると、そのまま足を緩めずに駆け去ろうとした。しかし公園をわずかに過ぎたところで、ぼくは立ち止まった。

荒い息が、絶え間なく口から溢れ出る。膝に手を付き、ぼくは呼吸が静まるのを待った。じんわりと背中に汗が滲んでいく。ぼくは身を起こすと、コートを脱いで腕に掛けた。そして踵を返し、公園に一歩足を踏み入れた。

「お花見ですか、風花さん」

通りに面した場所に煉瓦《れんが》造りの花壇があり、周りに木のベンチが巡らしてあった。風花さんはそこに一人で座っていた。ぼくはやや遠巻きに声を掛け、ゆっくりと近づいていった。街灯に照らされた彼女の姿が、だんだんとぼくの目にもはっきり見えてくる。彼女は黒のスウェットを着て、ゼブラ柄のナイロンパンツを穿いていた。顎までマスクを下げ、緑茶の入った小さなペットボトルを、膝の上に載せている。

ぼくは風花さんの傍に立った。彼女はぼくの方を見ようともせず、街路に植わった、とうに花の落ちた桜を、ぼうっと見上げていた。彼女の髪色が、この前会った時のような金色ではなく、普段通りの美しい灰色に戻っていることに、そのときぼくは気付いた。

ぼくは彼女の隣に、人ひとり分の間隔を空け、腰を下ろした。

「ミズキはジョギングでもしてたの？　精が出るね」

ようやく口を開いたかと思えば、彼女はそんなことを言った。心持ちぼくの方に顔を向け、口許にうっすらと笑みを漂わせて。

ぼくはなんとも答えなかった。風花さんを発見した喜びよりも、今では漠然とした不安感の方が勝っていた。

ぼくは無意識にベンチの座面を手で撫《な》でた。ひんやりと湿っている。表面の木材は劣化してぼろぼろになり、ささくれ立っていた。ペンキも剝げ、今では朽ちた木材の地肌が露出している。五分とは腰かけていたくない代物だった。

「風花さんはいつからここに？」ぼくは尋ねた。

「うーん、三十分前か、一時間前か……よく分かんないけど、そんくらい」

ぼくは正面の通りに目を向けた。ガードパイプがあり、桜の散り敷いた道路があり、シャッターの下ろされた商店がある。案の定、それは風花さんがＳＮＳに上げていた写真と、ほぼ同一の景色だった。ぼくは首を回し、公園の時計塔で時刻を確認した。あの写真が投稿されてから一時間は経っていた。

「マキムラさん家の帰り？」ふと風花さんは口を開いた。

「ええ」

「もしかして、私のこと探してた？」

「……まあ」

ぼくが答えると、また風花さんは黙り込む。

静かだった。梢を揺らす風の音だけが、無人の公園に蕭々《しょうしょう》と響いていた。風花さんは二、三度鼻を啜り、マスクをつけ直した。黒い立体マスクが顔の下半分を覆い隠す。

彼女の手の中で、ペットボトルが硬い音を立てた。それが合図だとでもいうように、風花さんは訥々《とつとつ》と語り出す。深く俯いて。音が出るほど、ペットボトルを強く握って。

「私もさ、マキムラさん家に行こうとして、家を出たんだ。でも、なんて言うのかな、体調が万全って訳でもなくて。ここのとこ家にこもりがちだったし、ちょっと不安な気がして、マキムラさんにも返信とかはしなかった。行けるか分かんないし。でさ、まあ家は出た訳だよ。気持ちのいい夜で、散歩がてら、歩いて行くぞって。だけど――」風花さんは口籠り、力ない動作でペットボトルの蓋を開けると、マスクをずり下げ、残っていたお茶を飲み干した。ほうと息をつき、手の甲で口を拭う。そして空のペットボトルを、ぼくと彼女の間にある空間にそっと置いた。「……息が、しづらいんだよ。体は元気なはずなのに、胸の辺りがざわざわして、足許がおぼつかないんだ。世界から急に空気がなくなったみたいに、息苦しくなって。別に、嫌な場所に行こうとしてる訳でもないのに。お腹が痛くなるとかなら前からあったけど、なんか、今度は変なんだ。このまま歩いてたら、急にしゃがみ込むか、倒れるかするんじゃないかって怖くなって、それで……」

「ここで休んでたんですね」ぼくは言った。

「そ」

「もう平気ですか?」

「うん。座ってたらだいぶ良くなった」

「でも、まだ話してないこともありますよね」とはぼくは言わなかった。何を話し、何を話さないかは彼女の自由だ。それに、ぼく達は創作者だった。お互いに創作の領分があり、そこを侵犯することは、たとえ友人同士であっても許されることではない。ぼくは彼女が話す気になるまで待つつもりでいた。彼女の抱える問題が何であれ、話す気がないのであれば、それでも良かった。ぼくだって、彼女に何もかも打ち明けている訳ではない。むしろ、話していないことの方が多かった。

ぼくは立ち上がった。彼女の空になったペットボトルを取り上げ、近くのゴミ箱まで捨てに行った。ベンチまで戻ると、風花さんも立ってぼくのことを待っていた。「ありがと」彼女はそう言って「私お腹すいてきちゃった。どっか食べに行かない？」マスク姿のまま、目許だけで笑ってみせた。

6

食事ができる店はなかなか見つからなかった。街は終電前だというのにすでに閑散とし、いつもなら酒に酔った若者やストリートミュージシャンで賑わう駅前広場も、いまはマスク姿の男女が数人、お互い離れ離れに、植込みを囲うコンクリートに腰かけて、退屈そうにスマホを弄っているだけだった。居酒屋はおろか、ファミレスやファストフード店までが、営業時間を短縮してすでに閉店していた。嫌に静かな街中を、それでもぼく達は辛抱強く歩きつづけた。お互い、新しい目的を設定するには疲れすぎていた。

大きな通りを折れ、路地に入った。ほとんどの店がシャッターを閉ざす中、一軒だけ、ガラス戸から光が洩れている店舗があった。中から人の気配がし、店舗の前には複数の自転車が停められている。ドア脇の室外機からは、油の籠ったようなキツい臭いの生ぬるい風が、すごい勢いで排出されていた。暖簾には「太陽」とある。どうやらそこは町中華風のラーメン屋のようだった。ぼく達は一も二もなく中へ入った。「いらっしゃい！　二人？　奥の席空いてるよっ！」威勢のいいおばちゃんの声に出迎えられ、ぼく達は店内を進んでいく。驚いたことに中はほぼ満席で、カウンターもテーブルも、様々な年恰好の人達でみっちりと埋まっていた。この時間の酒類提供はないようだったが、見る顔見る顔晴れ晴れとしており、ここが先ほどまでと同じ東京とも思われない。ぼく達は奥の二人掛けのテーブル席に腰かけた。すぐにお冷が運ばれてくる。二人してマスクを取り、テーブルの端に置くと、どちらともなく、曇ったプラスチックのコップに手を伸ばした。お冷を飲みながら、ぼくは騒々しい店内にぼんやりと目を注いだ。風花さんもまた、コップに口を付けたままきょろきょろと辺りを見回していた。

トン、とコップを置く二人の音が重なる。

ふと、入店してから今のいままで、ぼく達の間には会話らしい会話もなかったことに気が付いた。それは風花さんも同じだったようで、ぼく達は顔を見合わせて苦笑した。

⁂

「おいしかったね。あんなうまいラーメン久々に食べたよ」

「味は普通でしたけどね」

「ってかさ、なんであのお店だけ営業できてるんだろ」

「さあ」

「命知らずのたまり場？」

「まあいいじゃないですか」

「あはは。そだね」

急に風花さんは立ち止まり、路地を振り返った。

「どうしました？」

風花さんはなおも数秒後ろを向いていたが、また顔を前に戻し、「いや、なんだか今の店、まぼろしだったんじゃないかと思って。振り向いたら消えてそうじゃない？」

言われて、ぼくも振り返る。電飾の消えたスタンド看板に室外機、放置自転車やゴミ箱がごたごたと入り組んだ路地の奥に、当然、その店はあった。入る前と変わらぬ様子で、温かな光を道に投げかけて。

「家、途中まで送っていきますよ」ぼくは言った。路地を出てからは人の気配も失せ、街はいっそう静かに感じられた。通りがかりに駅の構内を覗いてみたが、別れを言い合う人の姿も今夜は見られない。無人の構内を、白すぎる照明だけが煌々と照らし出している。もうすぐ終電の時間だった。

「ん」ややあって風花さんは頷き、「ちょっと寄っていい?」近くのコンビニを指差した。

コンビニから出てきた風花さんの手には、一本の缶チューハイが握られていた。黙ってタブを起こすと、店先であるにも拘わらずごくっごくっと喉を鳴らして飲みはじめる。——ほとんど息継ぎもせぬまま、あっと言う間に一本が空になった。風花さんは空き缶をゴミ箱に捨てると、無言のまま店内へ引き返し、さっきと同じ缶チューハイを手に店から戻ってきた。

「じゃ、帰ろっか」缶のタブに爪をひっかけ、パチパチと鳴らしながら、風花さんはぼくの少し先を進んでいく。ぼくはその後を、いつものように追いかける。二人の足音が通りに響く。路駐されたタクシーの中で、シートに凭れた運転手が眠りこけている。ぼく達は道を曲がり、しんと静まりかえった商店街に足を踏み入れる。煉瓦敷きの道を、古めかしい鈴蘭形の街灯が照らしている。いつの間にかまた、ぼく達は並んで歩いていた。風花さんは手の中で弄んでいた缶チューハイのタブを、小気味いい音を立ててようやく引き起こした。起こしたタブを寝かせる彼女の指の動きまで、ぼくの目は捉えていた。

「飲む？」

何を思ったのか、風花さんはまだ口を付けていない缶チューハイの吸い口を、いきなりぼくの鼻先へ突きつける。

「物欲しそうに見てるから。それともお酒が珍しい？」

挑発するような目付きでぼくを見据える風花さんの顔は、相変わらず生っ白いままで、酔っているのかいないのか、ぼくにはよく分からない。なおしばらくの間、ぼくは風花さんの真意を窺おうと、その顔を見つめつづけた。お互い、切り取られたフィルムの一齣《ひとこま》のように動きを止め、息すらも止まってしまうかと思われた数刻の後、そっか、と風花さんは呟き、吸い口を自分の方へ戻しかけた。ぼくは咄嗟にその手を摑み、缶を奪い取ると、中身を一気に喉へ流し込もうと仰向いた。口中にレモンの酸味と人工甘味料のケミカルな甘みが広がる。だが思った以上に炭酸がキツく、二、三口飲み込んだだけでぼくは噎《む》せてしまった。舌の根に慣れない苦みを感じる。それに口許だってびちゃびちゃだ。ぼくの行動がよっぽど意想外だったのだろう、風花さんは言葉もなく、ただ呆気に取られた顔をしていた。ややあって、状況に気付いたのか、

「ちょっ、あー、もう、何やってんの？　お酒飲めないんじゃなかったの？」

風花さんは服についたあらゆるポケットをひっくり返しはじめた。ぼくは彼女がハンカ

チやティッシュの類を携帯するような人ではないと知っていたので、自分のポケットからハンカチを取り出すと手早く顔を拭った。

「ほんっっと、ミズキってさあ、いきなり変なことするよね」風花さんは呆れを通り越した笑いをへらへらと浮かべながら言うと、「なんなんだよもー。全然意味わかんない」今度は独り言みたいに呟く。

「ほら、それ返して。やっぱりミズキにはまだ早いよ」

ぼくは缶チューハイを風花さんに手渡した。うわっ、なんか濡れてる、と言いながらも、風花さんはそのまま吸い口に唇をつけ、なめらかに喉を上下させる。それを見ながらぼくは言った。

「事情とか分かんないですけど、元気、出してくださいね」

風花さんは缶に口を付けたまま、目だけをこちらに向ける。

「世界って、そんなに悪いもんでもないですよ」

缶から口を離し、風花さんは表情のない顔でぼくを見つめた。薄い唇から、ふっ、と空気が洩れる。風花さんは笑い顔を作ろうと努力するみたいに、頬の筋肉をかすかに吊り上げた。しかしその顔が笑みを形作ることはなく、すぐにまた、元の無表情に戻ってしまう。

風花さんは空いていた左手で、自分の右肘をきつく摑んだ。

「なに、それ……」

風花さんの視線はもうぼくには向けられていなかった。傷つけられた子供のように、斜め下の地面を、眉をひそめて見つめていた。

「ミズキは、なんにも分かってない」

静寂が、辺りを満たした。

ぼくは幾分小さくなったように感じられる風花さんの姿を、棒立ちのまま黙って見ていた。心のどこかが無感覚になっていて、道端に立ち尽くす自分たちの姿を、不思議なくらい冷静に眺められた。まるで夢のなかのように、ぼくは二人を見下ろしていた。彼女の顔は仄白く、灰色の髪は冷たく冴えている。けれど彼女が酔っているのは確かなようで、息がほんの少し荒くなっている。それにいつもなら受け流すことのできるぼくの言葉も、いまは受け流せずに彼女に深く突き刺さる。その時はたと思い至る。もしかしたらぼくも酔っているのかもしれない。幼時から極端にアルコールに弱く、酒など口にしたことのないぼくには、これが酔いなのかどうかすら、うまく判断が付かなかった。あんな僅かな量の酒で、人は酔えるものなのだろうか。風が、どうやら熱を帯びているらしいぼくの顔を、そっと撫ぜては過ぎていく。冷静を欠いたままに、けれどもぼくは冷静だった。だから風花さんがふいに投げ出した言葉を、ぼくは動揺せずに受け止めることができた。

「ねぇ、私を励ます気があるのなら、ミズキの家に連れてって」

風花さんはどこか陰惨な笑みを浮かべていた。

「家には帰りたくない。どこにも居たくない」

「いいですよ」ぼくは即答する。そして陽気な声を出した。「そう言えば、家近いのに一度も遊びに来たことなかったですね。ぼく、人を家に呼ぶのって結構好きなんです。ここから歩いて十五分くらいなんで、じゃあ行きますか」

実際陽気だった。風花さんが家に来てくれるということが、素直に嬉しかったのだ。

風花さんは一つ溜め息をつき、ぼくに付いてきた。「まったく……」とかなんとか、言っていたような気もするが、ぼくの耳にはほとんど入って来なかった。ぼくはマキムラさんの新居で荷解きを手伝わされた話や、注目していた舞台が感染症のせいで中止になった話、最近はまっている昭和歌謡の作詞家についての話など、のべつ幕なしに語り聞かせた。風花さんは呆れたように笑いながら、それでもときおり相槌を打ってくれた。

そうしてその日、風花さんはぼくの部屋に泊まった。

7

チャイムが鳴った。

じんわりと、目の焦点がＰＣの画面に戻ってくる。アブラゼミの鳴き声もまた、突然のようにぼくの耳に入り込み、いまが夏であることを声高に主張しはじめる。全てが現実に回帰する。意識が明瞭になる。レース越しに射し入る光は明るすぎるほどで、ぼくは反射的に目をしばたたかせた。視線を移し、時計を見る。十五時過ぎだった。PCに目を戻し、仕事の進捗《しんちょく》を確認する。ページの大半は白紙のままで、ただ右端に、エッセイ冒頭の数百字だけが記されていた。たったそれだけの文章を捻り出すために、ぼくは二時間を費やしたことになる。

　再びチャイムが鳴った。

　ぼくは膝を崩して乗っていた椅子から飛び降りると、大股で玄関に向かった。鍵を開け、チェーンなど掛けていないドアをそのまま外に押しひらく。

「遅い！」

　むっとする熱気と共に、不機嫌そうな風花さんの声が飛び込んできた。

「もー、暑いんだからさっさと開けてよ」

　マスク姿の風花さんは眉間に皺を寄せる。すいません、とぼくは素直に謝り、片手でドアを押さえたまま、風花さんが手にしていた紙袋を受け取った。

「これ、なんですか？」流しで手を洗う風花さんの背中に、ぼくは問いかける。

「駅前の喫茶店で買ってきた。抹茶ミルク。好きでしょ？」

「へぇ、ありがとうございます。たまには気がききますね」

「はぁ？」うがいをはじめていた風花さんは水を吐き出すと、ぼくを睨《にら》み付ける。

それを無視し、ぼくは紙袋を開いた。ドリンクホルダーに二つのプラスチックカップが刺さっている。一つは抹茶ミルク、もう一つはアイスコーヒーのようだった。ぼくは抹茶ミルクを抜き取ると、ふよふよと頼りないカップを支え、ストローで中身をかき混ぜた。ミルクと抹茶の層が混ざり合い、淡い黄緑色で安定する。ぼくはティッシュでカップの汗を拭うと、ストローから冷たくまろやかな風味を吸い上げた。

「なんだか最近、ミズキも生意気な口きくようになったよね」

風花さんがテーブルまでやって来た。紙袋に手を入れアイスコーヒーを取り出すと、結露も気にせずストローを口に挟む。マスクを取った風花さんの顔は、しかし汗一つかいておらず、相変わらず不健康なまでに白かった。

今日の風花さんは五分袖の白いTシャツを、ショート丈のカーゴパンツに突っ込んだスタイルだった。会うたびに風花さんの格好はシンプルになり、飾り気をなくしていく。お互いがお互いに慣れ過ぎてしまったのかもしれない。

アイスコーヒーを容器の半分ほど吸い上げ、ようやくストローから口を離した風花さんは、ちらと横目でＰＣを見た。「それ、レポート？」

「いや仕事です」

「仕事、ね……」彼女は含みのある言い方をした。

「終わらせちゃったら？　私ゲームしてるから。それとも気が散る？」

「いえ……じゃあこれだけ書いちゃいますね」

ぼくがＰＣに向かいしばらくすると、背後からゲーム機を操作する微かな音が聞こえてきた。ぼくはキーボートを叩く手を休め、そっとベッドを窺った。風花さんは壁に立てかけた枕に背中を預け、足をまっすぐ伸ばして座っていた。白いイヤホンを付け、俯き加減に画面を覗いている。ゲームに集中しているのか、ぼくの視線には気づかない。

そこが彼女の定位置だった。

ぼくはＰＣに向き直り、また指を動かしはじめる。

狭い部屋の中は、キーボードの打鍵音とゲームの操作音、それだけになった。蟬《せみ》の声も、エアコンの風音も、徐々に遠くへ退いていく。

8

「ねえ、なんか音楽でも掛けて。静かすぎて落ち着かない」

部屋に上がり込んだ風花さんの第一声がそれだった。

アパートに辿り着いたとき、既にぼくの酔いは覚めていた。飲酒の代償としてぼくに残されたのは、吐き気と頭痛、それに赤らんだ顔色だけだった。風花さんの方は一杯機嫌で、少なくともぼくの目には、いつもの明るさを取り戻しているように見えた。

「うっわー、こりゃ結構なコレクションだね。火事になったら抱えて逃げないとだ」

風花さんは本棚の前でぺたんと横座りになり、ぼくが集めた画集や写真集を取り出しては、あれこれと感想をこぼしていた。彼女の声が途切れるのはミネラルウォーターを口に含んでいるときだけで、それ以外の時間はずっと喋り通しだった。

ＰＣからは囁くような声と、メランコリックなピアノの旋律が聞こえてくる。適当な音楽が思いつかなかったぼくは、内容に起伏のない古いヨーロッパ映画を配信サイトで見つけ、音量を絞って再生していた。字幕をオフにした画面には、モノクロームの街をさまよう、憂鬱そうな顔をした男の姿がうつしだされていた。

ぼくは回転椅子を振り向かせ、本棚の前で背を丸めている風花さんを見下ろした。頭は頭痛薬のせいで幾分ぼんやりとしていた。朝までどうやって過ごそうか、ぼくはそんなことばかりを考えていた。

ぼくはなおしばらく、風花さんの後姿を眺めていた。そうしているうちに、ふと違和感を覚えた。風花さんが妙に静かだった。さっきまでは活発に喋っていたのに、今は身じろぎひとつせず、黙然《もくねん》と顔を俯かせている。

「風花さん？」

声を掛けるが、反応はない。

ぼくは椅子から下りると、風花さんの傍に近づき、後ろから手許を覗き込んだ。

風花さんが熱心に見つめていたのはソフトカバーのやや大ぶりな本で、それはぼくと彼女が共同で制作し、昨年出版したあの絵本だった。人の家まで来て、どうしてわざわざ、自分で出した本なんか読んでいるのだろう――ぼくは何気なく彼女の顔に目を遣った。

そして驚愕《きょうがく》した。

風花さんは虚《うつ》ろに目を開いたまま、声もなく泣いているのだった。

「えっ」

ぼくは言葉に詰まった。おろおろと辺りを見回し、彼女の隣にしゃがみ込むと、こうした場合に誰もが口にするような言葉を投げかけた。

「あの、大丈夫ですか、どこか具合でも悪いですか？」

彼女はゆっくりとかぶりを振った。その間にも、見開かれた両目からはとめどもなく涙が溢れ、俯いた顎を伝って、彼女の胸許を濡らしていった。風花さん自身、自分が泣いていることに驚いている様子だった。

ぼくは力の抜けた彼女の手から絵本を取り上げると、ティッシュ箱をそこへ置いた。

「ちょっと横になったらどうですか？　もしあれだったら寝ちゃってもいいですよ。どうせぼくは朝まで起きてるので」

涙を拭き終えたタイミングを見計らい、ぼくは声を掛けた。

ゴミ箱、と言うので、ぼくはそれを彼女の前に差し出す。丸めたティッシュを捨てると、風花さんは立ち上がり、ベッドの上にあがった。しかし横になることはせず、壁に背中を預けると、膝を抱え、叱られた子供のように顔を伏せてしまう。

ぼくは立ったまま、テーブルの上に目を落とした。そこには風花さんから取り上げた自分の絵本が置かれていた。

ぼくは表紙を見た。海を背景に、天使と少年が向き合うようにして立っている。頭上に光輪を戴き、背中に大きな羽を生やした天使は、風花さんの髪色を一層明るくしたような、白に近い銀髪を風になびかせている。天使の顔は無表情で、それと対照するように、少年は薄く微笑んでいた。

後ろから布地を叩くような音が聞こえてきた。絵本から目を離し、振り向くと、壁に凭れた風花さんが、右手のひらを小さく上下させ、マットレスを鳴らしていた。こっちに来い、と合図しているようだった。立てた両膝を左腕で抱え、その上に顔を押し付けている。だから表情は見えない。押しつぶされた前髪が、こんもりと膨らんで妙に生々しい。

ぼくはベッドの縁に腰かけた。

「どうしました？　水でも飲みますか？」

風花さんはぼくの問いには答えず、マットレスを二度、素早く叩いた。

ぼくは鼻から長く息を吐いた。のろのろと立ち上がり、膝からベッドに上がると、風花さんからは少し距離を置いて、ぼくも壁に背中を預けた。白い壁紙に覆われたそこは意外に温かい。ぼくは震える息をつきながら、両足を前に伸ばす。

「前にさぁ、前に……」隣で風花さんが言う。ぼくはそちらを見ない。ベッドからはみ出した、自分のつま先に意識を集中する。

「私に訊いてきたことあったじゃん。覚えてる？　絵本の、いちばん最初の打ち合わせのときに。どうして天使の絵を描くのかって。そんなこと、ミズキ、私に訊いたよね」

「覚えてますよ」視線を上げ、壁を見た。しばらく記憶を探り、「でも、確かあのとき、風花さん答えてくれませんでしたよね。なんかはぐらかして――」

「言えなかったんだ」

ぼくは風花さんを見た。

「私が天使を描くのはね、それが、私からいちばん遠い存在だから」

彼女は正面を見ていた。涙の名残を目尻に留め、だがその声はどこまでも澄んでいる。

「ねえ、そっちに行っていい？」

ぼくが答える間もなく、風花さんは腰をすべらせ、ぼくの隣に身を寄せる。ぼくと風花さんとの距離が、ゼロになる。

「ちょっとだけ、こうさせて」

風花さんは足を伸ばすと、ぼくの半身にからだを凭せ掛けた。左腕のあたりが、風花さんの体温にじんわりとぬくもってくる。風花さんは寝入ってしまったように、薄く目を閉じていた。風花さんの息をする音と、自分の鼓動しか聞こえない。映画は終わり、ＰＣの画面は黒に染まっていた。ぼくも目を閉じる。すると、世界にはもう、ぼくと風花さんの、二人きりしかいなくなる。隣に風花さんを感じる。風花さんの声が暗闇から迫ってくる。「私、絵が描けなくなっちゃった」。ぼくは黙っている。ぼくの肩に頭を乗せて、彼女は続ける。「もう何年になるんだろ、二年くらいかな。まともに絵が描けてなかったんだ」ふふっ、と彼女は笑い、「お酒がないと絵が描けなかった。素面《しらふ》で描いてるとね、それをネットに上げたとき、人にどう見られるかってことが気になって、手が止まっちゃうの。無理に描こうとすると見る見る歪んでいく。でもあるとき気づいたんだ、お酒入れてるとそういうの気にしなくて済むって。目の前の絵に集中できる。不思議だよね？　マキムラさんに頼んで薬を分けてもらったこともあるんだけど」ぼくはいつか彼の部屋で見た、大量の薬剤シートのことを思い浮かべる。「でも、駄目だった。頭がぼんやりしちゃって。……ミズキと会ったのって、その頃かもしんない。絵を描くのが嫌いになりかけてたとき。仕事は増えていくのに、それに反比例して、絵を描くことが苦痛になっていった。絵を描くのも辛いし、どんどん作品を消費していって、叩いて、愛して、飽きたら捨ててしまう、そしてそれを顧みない人達の前に、自分の絵を晒さなくちゃいけないことも、キツかった。壊れそうだった。だから……ごめん、私、ミズキを利用した」風花さんはぼくの肩から頭を外し、膝を抱えたようだった。彼女のからだは小刻みに震えていた。「私詩を書く人とはじめて知り合った。あのころのミズキはまっ白で、なんにも知らなくて、まるで昔の私を見ているみたいだった。ただ、純粋に絵を描くことが好きで、それ以外のことには見向きもしなかった、しないで済んだ、昔の私を。——それで、ミズキと一緒に本を作ったら、どうなるんだろうって思うようになった。もしかしたら、私も昔みたいに戻れるんじゃないかって。実際、楽しかった。スケジュールはタイトだったけど、久々に、ほんとに久々に、お酒なしで絵を描くことができた。だって、まっさきに絵を見るのがミズキだって分かってたから。他の誰でもない、ミズキだって。……あのさ、ミズキは勘違いしてたみたいだけど」風花さんは言葉を切り、浅く息を吸って、それを深く吐き出した。「絵本の中の天使は、私じゃない、ミズキなんだよ」ぼくは目を見開いた。風花さんが至近距離で、ぼくの顔を見つめていた。「やっぱり、分かってなかったんだ」その声は囁くようで、「ミズキってほんとに無防備だ。見てると心配になる」熱い息が、ぼくの顔にまで漂ってくる。「風花さんにだけは言われたくないです」ぼくは言った。「え、どういうこと?」「分かんないんですか?」「え?」風花さんはくつくつ笑い出す。ぼくは窓に目を向けた。そこからは何も見えない。遮光カーテンの隙間から、白いレースが覗いているだけ。光を宿さないそれは、ただ死んだように垂れ下がっている。「でも結局」風花さんが言う。「そんなんだから、ばちが当たっちゃった」自嘲するような息遣い。「疫病《えきびょう》騒ぎで旅行にも行けなくなって……それだけが、私の唯一の逃げ道だったのに。それがないと、息もできないのに。――もう出口がないよ。この仕事が、あの仕事が終われば、私はここから旅立てる。どこか遠くへ行ける。そう思えたから耐えられたのに」ふいに肩が熱く、重くなった。風花さんがそこに縋《すが》りつき、顔を埋《うず》めて泣いていた。「もうペンも握れない。絵を描こうとすると、動悸《どうき》がして吐きそうになる」くぐもった声。押しつけられた額。ぼくは窓を見ていた。「ねぇ、描けないって死ぬほど苦しいよ。みんな早く描けって言ってくる。それだけがお前の価値だって。――知ってるよ！　知ってる、私が一番知ってるよ！」彼女は力ない拳でぼくの二の腕をたたく。ぼくはしたいようにさせておく。「私、どうしよう。……どうしたらいい？」ぼくはそこでようやく、視線を窓から風花さんの方へ戻した。ほんとうにこの人は、ぼくに答えを求めているのだろうか？　ぼくは左腕から風花さんを引きはがした。そして現実的な提案を口にした。「とりあえず、眠ったらどうですか？」それだけ言うと、ぼくは尻を滑らせ、さっさとベッドから下りた。

風花さんはぽかんとした顔でぼくを見つめていた。

目は子供っぽく充血し、灰色のショートヘアが寝起きのように乱れている。

「またいつでもここに来たらいいじゃないですか。話くらいなら聞きますよ。どうせこんな情勢じゃ大学もいつはじまるか分からない。暇してます。鍵なら開けとく――訳にはいきませんが、大抵ここにいると思うので、いつ来たっていいです。絵なんて描かなくていいじゃないですか。言いたい奴には勝手に言わせておけばいい。ほら」

ぼくは風花さんの肩を軽く叩き、頭を枕の上に誘導した。彼女が横になると、ぼくは上から布団をかぶせた。しばらく風花さんは何か言いたげな、不満そうな顔をしていたが、間もなく眠りに落ちた。

もう夜明け近い時刻になっていた。ぼくは窓のそばの椅子に腰かけ、安らかな寝息を立てる風花さんを見つめた。

どうせ、起きたときには全て忘れてしまっているだろう。こんなになるまで酔っぱらったのだ、それも致し方ない。

徒労感が全身に押し寄せてきた。

それでもぼくは、焚火《たきび》を前にした旅人のように、風花さんの寝姿を日が昇るまで見守りつづけた。彼女がどんな悪夢にも襲われないことを祈りながら。

結局、風花さんはこの日のことを都合よく忘れたりはしなかった。翌日には予告なく部屋のチャイムを鳴らし、昼寝中だったぼくを驚かせた。

それから風花さんは、三日にあげずぼくの部屋を訪れるようになった。たいてい昼過ぎにやって来て、夜遅くなる前に帰っていった。ぼくは風花さんを途中まで送っていき、気が向けば二人で適当な店に入り、夕食を摂った。

最初の晩を除き、風花さんがぼくの部屋に泊まるようなことはなかった。ぼくの前では飲酒も控えることにしたらしく、いつもチルドカップに入ったコーヒーをちゅうちゅう吸っていた。

二人そろって、怠惰《たいだ》な日々だった。

感染症を言い訳に外出もせず、だらだらと毎日を過ごした。

五月になると大学がはじまった。しかし学生に登校義務はなく、オンラインで配信される授業に形だけでも顔を出せば、それで出席と認められた。アンケート機能を使って生徒に反応を求める授業にさえ気を付けていれば、後は聞いていてもいなくても同じだった。時間さえ合えば、ぼく達は二人で授業を受けたりした。風花さんはぼくが気まぐれに取っていた児童文学の授業がお気に入りで、その時間には必ずぼくの部屋にやって来ては、ベッドの上の定位置で待機していた。

「今度絵本買ってミズキに読み聞かせてあげる」

そんなことを言いながら。

梅雨になった。湿気を嫌う風花さんのためにお金を出し合って購入した除湿機が部屋の中央でフル稼働し、やがてそれが異音を発し粗大ゴミと化した頃、遠くの空が歯軋りをはじめた。ぼくと風花さんは顔を見合わせ、ベランダに続く窓を開いた。断続的に、じゃりじゃりと砂を嚙むような音が、今度ははっきりと聞こえてきた。

今年はじめての蟬声《せんせい》だった。

夏になった。感染症がますます猛威を振るい、世界中をパニックに陥れる中、そんなことは無関係に、季節は巡る。

ぼく達は、〝今〟に辿り着く。

9

ぼくは机の前で体をねじったり伸ばしたりして、凝り固まった筋肉をほぐした。そして手を伸ばし、PCの隣に設置されたプリンターの電源を入れた。完成した原稿を印刷し、その出来栄えを確認するためだ。十年物のプリンターが、すごい音を立てながら印刷を開始し、すぐさま印字を終えた原稿をトレーに吐き出した。わずかに温かいそれを抜き取る。今日一日かけて書いた原稿も、分量にすればコピー用紙二枚分でしかない。

ざっと目を通し、赤のボールペンで誤字脱字を修正すると、首を回してベッドを見た。壁に立たせた枕に身を預け、先ほどと変わらぬ体勢で風花さんは座っていた。しかしゲーム機は充電器に繫がれてベッドの縁に置かれ、いまは漫画を読んでいた。原稿に集中していて気が付かなかったが、部屋を漁って見つけたものだろう。

なぜそんな気を起こしたのか、自分でも分からない。ぼくは立ち上がり、ベッドの前まで行くと、朱を入れたばかりの原稿を風花さんに差し出し、「いま書いたんですが、ちょっと読んでみてくれませんか」と言った。

風花さんは手許から視線を外し、ぼくを見た。眉を心持ち上にあげ、驚きを表情で示す。漫画を閉じて傍に置くと、片手で原稿を受け取った。

思えば、ぼくは風花さんの前で原稿を書いたことは、この数ヶ月の間に一度もなかった。書き上げた原稿を読ませたこともない。そもそも最近の風花さんは、ぼくの書くものにさほど興味を示さなかった。出し抜けに一、二度、詩を褒めてくれただけだ。

部屋に射す光が黄色味を帯びてきた。もう日暮れが近い。ぼくは窓のレースを開け放つ。明るい水色の空に、帯状の薄雲がただよっている。夏らしくない空だ。なにもかも曖昧だ。ぼくは西日を背負ったまま振り返る。風花さんは膝の上に原稿を置き、困ったような顔をぼくに向けていた。ふと、彼女の視線がぼくの脇へ逸れる。

「あっ」

彼女が口を開けた瞬間、背後から、大量の油が弾けるような、凄烈《せいれつ》な響きが鳴り渡った。思わず外に目を戻す。遍《あまね》く光に満ちた空から、大粒の雨が急速な勢いで降り注いでいた。油が弾けるように聞こえたのは、アパートの正面に建つ廃墟のトタン屋根が、したたか雨に打たれる音だった。ぼくは呆気に取られ、急な白雨《はくう》を眺めていた。

そんなぼくを押しのけ、いつの間にか傍にいた風花さんが、窓を全開にしてベランダに躍り出た。

「天気雨！　すごいっ、きれい！」

窓を開けたせいで、より大きくなった雨音がぼくの耳朶《じだ》を打った。けたたましい蟬の声がそれに続く。サンダルを突っかけた風花さんが、はしゃいだ声を上げた。

「ねぇ、撮って撮って、動画で！」

咄嗟に机の上にあった自分のスマホを取り上げ、ビデオモードを起動した。しかし風花さん本人を撮ればいいのか、外の風景を撮ればいいのか、ぼくには分からなかった。

どちらにせよ、同じことだ。

ぼくは撮影ボタンを押した。すぐにスマホを横に持ち替え、ベランダ全体を画角に収める。風花さんは自分が濡れるのも構わず手摺から身を乗り出す。洗濯機に手を付き、遠くの街並みを見下ろす。風花さんは役者が舞台上を行き来するように、狭いベランダを縦横に動き回った。レンズを通した雨は、一粒一粒が硝子《がらす》の破片のように白く輝く。それが降り注ぐ。音を立てる。空中で破裂する雪のように、光を飛ばす。

ぼくはベランダと部屋の境界に立って、撮影を続けた。風花さんは動きを止め、もう一言も喋らずに、降る雨を見つめていた。

あの時の目だ、とぼくは思う。

遠くでまわる観覧車を見つめていたときの目。遊覧船の上から、暗い波の動きを見つめていたときの目。風花さんは時々、こんな目付きをする。だけど絵を描くのをやめてからは、そういうこともなくなった。風花さんは呆れたような、困ったような目で、それでもちゃんと、ぼくのことを見ていてくれた。

——本当に？

ようやく風花さんと、ぼくは対等になることができた。ただ憧れているだけの人じゃない。こうして彼女は傍にいる。ぼくの傍に。羽を傷つけられた鳥はぼくという宿り木にとまった。そうしてぼくは、外側から檻を被せ、しっかりと鍵を掛けた。ぼくは彼女を手に入れた。

——本当に？

ぼくは撮影を中止し、スマホを下ろした。雨は降りはじめの勢いを失い、急速に小降りになった。雨の残滓《ざんし》が日を受け、至る所で輝きを放っている。ぼくはそんな世界から、目を背けたいような気がした。

ぼくの家に通うようになって、最初風花さんは愚痴《ぐち》ばかりこぼしていた。創作のこと、親のこと、業界のこと、ＳＮＳのこと。時に嫌悪をにじませ、時に焦燥に駆られた様子で、風花さんはぼくに喋りつづけた。ぼくはただ聞いていた。愚痴を聞くのは嫌いじゃなかった。それに、少なくともその間は、風花さんはぼくを必要としてくれた。

でも。

時間が経つにつれ、風花さんは愚痴を言わなくなった。愚痴に代わって、絵が描けるようになったら、という、希望の話が増えていった。絵が描けるようになったら、服をデザインしてみたい、アニメの原画をやってみたい、漫画を描いてみたい、旅先でスケッチがしたい、また本が作りたい……。そうした話を聞くたび、ぼくはたまらなく不安になった。風花さんが、どこか遠くへ行ってしまう気がして。

いっそのこと、二度と絵なんて描けなくなればいいのに、そう思ったことすらある。

ぼくの不安をよそに、風花さんは着々と元気を取り戻していった。彼女はきっと、誰かにこう言ってもらいたかっただけなのだ。「疲れたのなら休めばいい」と。「あなたはよく頑張った」と。そしてぼくは彼女の避難所になった。彼女はそこに留まり、力を取り戻していった。ゆっくりと。着実に。

風花さんは遠くを見ている。何かに焦《こ》がれるように、身を憧れで満たして。いつも彼女はそうだった。ぼくが彼女を好きでいる限り、堂々巡りは続くのだ。ぼくは彼女に指一本触れられない。彼女は勝手に、自分で、全てを決めてしまう。

——だから、こんな日が来ることは、ずっと前から分かっていた。分かっていたんだ。

風花さんはぼくに背を向けて立っていた。振り向かずに、言った。

「私さ、もう一度絵を描いてみようと思うんだ」

言いながら、風花さんは前髪を右の手でいじる。ここに来るようになってから知った、彼女が言い出しにくいことを言うときの、それは癖だった。

「今日、仕事するミズキを見て、私びっくりしちゃった。ミズキって、あんな風に物を書くんだね。真剣で、ひたむきで、なんだか、私なんてはじめからここにいないみたいに、集中して」

「それは――」

「黙って。ごめんね、ちょっとだけ。……たぶん、私も絵を描いてるときはああだったんだと思う。世界からなんにもなくなっちゃう。他人も、自分もいなくなって、全部が空っぽになって、そうして、絵だけが残るんだ。その感じをね、ミズキを見ていたら思い出した」

そこで言葉を切ると、風花さんは体ごと振り向いた。両肘を手摺に置き、気持ち良さそうに、吹きはじめた涼風《りょうふう》に髪をなびかせている。雨はもう止んでいた。

夕焼けが、空全体を赤く染め上げる。

「ミズキは私の鏡なんだ」

風花さんはぼくの目を見る。まっすぐに。

「だから、だからね……」

一時の逡巡、だが風花さんは決然と、

「私はもう、ここには来ない」

宣告を言い渡す。

ぼくは無意識に、ベランダへと手を伸ばしていた。

「どうしてそんなこと言うんですか？　ここで描いたらいいじゃないですか。ぼくは気にしませんよ。一緒に散歩でもしましょうよ。前言ったじゃないですか、ここから歩いて二十分くらいのところに、すっごく大きい公園があるんです。もう原生林みたいに木がたくさんあって、ほんと、笑っちゃいますよ。でかい沼まであって。ほら、日暮れ時に、川沿いの道を伝って、そこまで歩いたらきっと気持ちいいですよ。もしかして、蜩《ひぐらし》だって鳴いてるかもしれない。ね、だから、せめてこの夏だけでも、一緒に……」

風花さんは何も言わず、首を横に振った。

ぼくは伸ばしていた手を、ゆっくりと脇に垂らす。

蟬の声も途絶えた。しずかな夕暮れだった。

「前にミズキ、一緒に旅行いきたいって、言ってくれたよね。覚えてるよ。行き先は決まった？　私はね、ミズキにはもっといろんな世界を見てほしい。いや、見せたいって思ってる。もっと手軽に旅行できるようになったら――これ、社交辞令じゃないよ。本気で言ってるよ。絶対にミズキを、遠くへ連れていく」

それに、と風花さんはぼくに笑いかける。

「誤解してたらあれだから言っておくけど、私はミズキを見限ったわけでも、嫌いになったわけでもない。もちろん。だけどミズキだって、私の前じゃ一編だって詩を書けないでしょ？　それと同じだよ。私も人前じゃ絵なんか描けない。気軽な作品なら別だけど、本気の絵は、ひとりじゃないと駄目。仕方がないよ。私たちは、そんな風に生まれついてる」

風花さんは手摺から肘を離し、一歩、ぼくの方へ近づいた。

彼女の背後に、夕月が浮かんでいた。

目と鼻の先に、風花さんの体があった。しかしぼく達の体は、目に見えない境界によって隔てられていた。すっと、風花さんの手が伸びてきた。それはぼくの髪に触れ、やさしく撫でるように、小さく上下にうごいた。

「泣かないで」

風花さんは言った。

「ミズキには感謝してるんだ。私ってあんま友達いないからさ」

ぼくは全然、泣いてなどいなかったが、風花さんのしたいようにさせておいた。

「今度はきっと、誰にも真似できない絵を描くよ」

だから、それまでは――風花さんの声が掻き消える。

外は真っ暗だった。部屋の電気も消えている。薄暗闇のなかで、お互いの顔もまともに見えてはいない。ぼくは目を瞑った。ふっとどこかから青葉の匂いがした。ぼくは頭に触れる風花さんの手の感触に集中した。それは母の手のようでも、夜そのものの手のようでもあった。

10

風花さんと会わなくなって二ヶ月近くが経った。

その日、ぼくは片桐さんの個展が開かれている百貨店内のギャラリーに向かっていた。SNSでたまたま個展のことを知ったのだが、ぼくが足を運んでみようという気を起こしたのは、片桐さんに風花さんのことを尋ねるためだった。

風花さんが再び絵を描くと宣言したあの日から、彼女とは連絡を取り合っていなかった。創作の差し障りになることを恐れたためでもあるし、また単に、どんな言葉を掛けたらいいのか、ぼくには分からなかったためでもある。

もう九月も半ばになる。ぼくは先月末、二十二歳の誕生日を迎えていた。

個展会場は高級ホテルに隣接した老舗《しにせ》百貨店の中にあった。そこの一区画がアートギャラリーとして使用されているようだ。まだ一度しか会ったことはなかったが、そのとき目にした片桐さんの、どこか身を持ち崩した貴族のような佇まいがふと脳裏に浮かんだ。

絵を描かなくなって以後も、風花さんと片桐さんは連絡を取り合っている様子だった。一度などは、何の前触れもなく、ぼくの部屋で風花さんと片桐さんが通話をはじめたこともあった。その日珍しく酔っていた風花さんは、「この楽しいの、おすそ分けしなきゃ」と言ったかと思うと、いきなり片桐さんに電話をかけ、一方的に支離滅裂なことをハイテンションに捲し立てた。スマホからは時々、相槌を打つような片桐さんの声が洩れ聞こえた。

そんなこともあり、ぼくよりも風花さんとの付き合いの長い片桐さんなら、風花さんの現状を把握しているのではないかと思ったのだ。彼女が新たに絵を描きはじめることができたのか、それとも未だに描きあぐんでいるのか、そのことだけでもぼくは知りたかった。

自動検温システムで検温を済ませ、アルコールスプレーを手にすり込むと、ぼくは警備員の立つエントランスを抜け、百貨店の中に足を踏み入れた。瞬間、つめたい空気が総身をつつむ。磨き上げられた広い空間に、控えめにブティックが点在する一階部分を素通りし、ぼくは中央に設えられたエスカレーターに足を乗せた。長いエスカレーターは、しかしごく緩慢にしか動かない。スマホを取り出し、SNSをチェックする。風花さんの投稿は、四月初旬から途切れたままだった。最後の投稿も、楽曲のMV用にイラストを提供した、という仕事の報告で、絵が描けなくなったことを示唆《しさ》するような投稿は一つもない。

風花さんの安否を心配する声も、SNSでは出始めていた。それもそのはずだ。もう五ヶ月にも亘って全てのSNSで更新がなく、何らの公式声明もないのだから。ぼくでさえ、ここ二ヶ月の彼女の動向は摑めていない。今日片桐さんから情報が得られなければ、直接風花さんに連絡してみるつもりだった。

二階はフロア全体に真っ赤なカーペットが敷かれていた。視線を上げると、大理石の壁が照明を反射し、うるさいくらい艶めいている。目指していた場所はすぐに見つかった。エスカレーターを下りて左手側に、正面がガラス張りの部屋があった。そこが片桐さんの個展が開かれているギャラリーだった。

ぼくは躊躇うことなく中に入った。中では品のいい服装の女性客ばかりが数人、絵を前にゆっくりと歩いていた。会場は白い壁に覆われ、「L」の字を逆さにしたような造りをしている。片桐さんの絵は、自然の風景を一度バラバラにし、それをキャンバス上で再構成したような、抽象度の高い画風だった。

ぼくは突き当たりを右に曲がった。そこは休憩スペースになっていて、木製の長テーブルの前に数脚の椅子が置かれていた。椅子の傍に片桐さんは立ち、近くに座る女性に自身の絵の解説をしていた。近づくと、すぐ片桐さんはぼくに気付いた。失礼、そう女性に断り、

「やあミズキくん。来てくれたんだ、嬉しいよ」

マスクで口許は見えないが、たぶん笑ったのだろう、彼は目を細めた。

「ご無沙汰してます。個展の開催おめでとうございます」

ぼくは挨拶を交わし、それから作品について少し話した。会場で販売されていた画集を買い、サインまでしてもらった。そして帰り際、ずっと念頭にあったことを、さもいま思い出した風を装って、ぼくは口にした。

「そう言えば、最近風花さんってどうしてるんでしょうね。SNSにも顔出しませんし」

ぼくはさりげなく、片桐さんの目を見た。彼の瞳には、どんな感情も宿ってはいなかった。不自然すぎるほど、その目は何も語らない。急に片桐さんは首を後ろに向け、

「ちょっと外します」

カウンターに立っていたスタッフに声を掛けた。次いでぼくの肩に軽く手を置き、「少しお茶しようか」と言った。

⁂

「風花と最後に会ったのはいつ？」

ようやく片桐さんは本題を切り出した。

そこは、百貨店の三階にある喫茶店だった。三階はレストラン街になっており、片桐さんは物慣れた足取りで、この喫茶店へぼくを誘った。和風の要素を取り入れた店内には、大正時代に描かれた美人画の複製が掛けられていた。店員に案内されたボックス席の焦茶《こげちゃ》

色のソファーに向き合って腰を下ろすと、片桐さんは幾分饒舌《じょうぜつ》になり、風花さんとは関係のない、今回の個展のことや感染症下の美術界の動向について、訊きもしないのに語り出した。それは注文した飲み物が届いた後も続けられ、ぼくは生返事をしながら、果肉の繊維すら感じられる濃いオレンジジュースに口をつけた。片桐さんが風花さんのことに触れたのは、席に着いてから二十分は過ぎた頃だった。

「最後……たしか七月の末頃ですかね」

ぼくは正確な日付まで覚えていたが、曖昧な口振りをした。そうか、七月か、片桐さんは口の中でつぶやき、上目遣いにぼくを見た。すぐに目を伏せ、とうに空になったアイスコーヒーのストローを齧《かじ》る。

そのときぼくが思ったのは、ああ、また風花さんは面倒事に巻き込まれているんだな、ということだった。ぼくの部屋に通っていた頃、よく風花さんは自分が巻き込まれたごたごたについて、ぼくに語り聞かせたものだった。そこにはすでに過去のものもあったし、現在進行形のものもあった。その中でも彼女が熱を込めて語ったのは、自分が遭ったストーカー被害についてだった。かつては頻繁に作品の感想を送って寄越し、即売会でも顔を合わせたことのあるファンの一人が、ある時を境にストーカー化した。最初ファンレターだったものがいつしか脅迫状めいた愛の告白に変わり、ついには住所が特定されるに至って、警察への相談や引っ越しといった騒ぎにまで発展した。その経緯を、風花さんは恐怖と共にぼくに語った。「ミズキもさ、いきなり怖いこと言ってこないでね。アンチとかにも、ならないでね」

また、それに類することが風花さんの身に起こったに違いない。ぼくの考えを裏付けるように、片桐さんは途方に暮れたような、どこか虚ろな笑みを浮かべた。

「今、ちょっと大変なことになってて」

続きを聞こうと、われ知らず前屈みになる。しかし次の言葉はなかなか出てこない。片桐さんは水滴まみれのグラスを握り、溶けかけた氷をストローで掻き混ぜている。

「それで、風花さんはどうしてるんですか？」

耐え切れず、ぼくは単刀直入に訊いた。片桐さんはハッと顔を上げ、ぼくがここにいることにはじめて気づいたとでもいうような、驚きの表情を浮かべた。

「風花かい？」

「そうです。片桐さんは知ってるんでしょう？　今、どうされてるんですか？」

「風花は――」

急に片桐さんの顔付きが変わった。表情を欠いた、機械のような眼差しが浮かび上がってきて、ぼくを見た。

「死んだよ」

どんな感情も伴わない、平坦な声が告げていた。

八月も押し詰まったある日、風花さんの父親から電話があったのだという。一時は風花さんと家族ぐるみで付き合いのあった片桐さんは、自分の連絡先を風花さん一家にも伝えてあった。電話口で、風花さんの父親はこう言った。「娘と連絡がつかない。もう一週間になる。あの子のことだ、仕事に熱中しているだけだとは思うが、ちょっと心配だ。もし近くに立ち寄る機会でもあれば、様子を見てきてくれないか」

片桐さんはその日のうちに風花さんの住むマンションを訪れた。片桐さんの方でも、一週間前から風花さんとは連絡が取れなくなっていた。

「風花はときどき塞《ふさ》ぎ込んで音信不通になるから、最初は大して気にも留めてなかった。でも、親父さんから電話があって、それが気掛かりでね。みんないい大人なのに、過保護過ぎるとは思ったけど、大して遠い訳でもないから、行ってみたんだ」

だがいくらインターホンを鳴らしても、風花さんから反応はなかった。片桐さんは管理会社に連絡し、事情を説明した。そして風花さんの父親の承諾を取り付けると、管理人立会いのもと、マスターキーで部屋を開錠してもらった。

「風花？　大丈夫かー？　ちょっと様子見に来たぞ」

昼間だというのに、部屋の電気は全て点っていた。どんな物音もしなかった。すぐ目の前に開けているリビングに人影はない。脱ぎ散らかされた服や、大判の画集がそこここに散乱している。中央のガラステーブルの上には一輪挿しの花が花瓶に活けられていたが、すでに茶色く萎びていて、元が何の花だったのか分からない。

「おーい、生きてるか」

片桐さんはノックをし、寝室に続くドアを開け放った。

六畳ほどの寝室は、すぐに全体が見渡せた。

そこももぬけの殻だった。

窓の近くのデスクに、風花さんが愛用する大きな液晶タブレットが載っていた。スタンドが起こされた状態で、ペンも近くに放ってある。さらにその周りには、四、五本のビールの空き缶が放置されていた。片桐さんはその一本一本を手に取り、小さく振ってみた。全て中身は空だった。デスクの前に置かれたゲーミングチェアは、背凭れを窓の方に向けている。作業を中断し、ふとデスクから離れた、その時の状態がそのまま保たれていた。「もしかしたら、ふらっと旅行にでも行っちゃったのかもしれません。そういう奴なんですよ、あいつは」片桐さんは管理人に話しかけた。しかし返事がない。振り返ったが、そこに管理人の姿はなかった。玄関まで引き返す。ドアに背を預け、マスク越しにも分かる憔悴《しょうすい》した顔付きで、額に脂汗をにじませたまだ年若い管理人が茫然と立ち竦んでいた。マスクの上から頻《しき》りに鼻を押さえている。

それに、片桐さんも最初から気づいていた。

まだ確認していないのはトイレとバスルームだけだった。

怯《おび》える管理人を置き去りに、まずはトイレを調べた。

誰もいない。

次いで開いた脱衣所は、電気が点けっぱなしだった。洗濯機の上には未使用のバスタオルが畳んで置かれ、その傍のランドリーバスケットには、くしゃくしゃになった肌着が無造作に詰め込まれていた。顔を上げる。浴室に続く半透明のドアの向こうから、光が洩れていた。だが水音はない。鼻歌も聞こえない。「風花、開けるよ」

片桐さんは静かにドアを開いた。

「足がね、見えたんだ」

片桐さんは言った。もうぼくを見てはいなかった。その目は遠いどこかを見つめ、赤く充血していた。震える声が、言葉を継いだ。

「片足しか、残ってなかった。風花はもう、どこにもいなかった」

風花さんは浴槽内で亡くなっていた。死後一週間が経過していた遺体は損傷が激しく、死因を特定することはできなかった。しかし遺書は見つからず、事件性もなかったことから、入浴中の不幸な事故として処理された。二十五歳だった。

二〇二二年

月　日

明かりが少し薄暗くなったようだ。いつからだか分からない。照明を覆うプラスチックカバーの内側に、黒い斑点《はんてん》がいくつも並んでいる。どうやってかそこに紛れ込み、逃げ出すこともできずに死んでいった、羽虫たちが作る影だった。ベッドに横たわったまま、目が痛くなるのも構わずに、ぼくは光を見つめつづける。光の加減で、外がもう暗闇であることが分かった。胸に手を置くと、そこに開いたままの文庫本が載っていた。背中に汗の感触がある。読書中に寝入ってしまったらしい。

しばらくぼくは、起き上がることもせずにそうしていた。時間が粘っこく流れていく。文庫本を脇へ置き、心臓の上に手のひらを押し付ける。鼓動が幾分速くなっている。汗はまだ引かない。夢で見た光景が脳裏に焼き付いていた。たびたび見る夢だ。ぼくは顔を横向け、時計を見た。十七時五十二分だった。

ぼくは身を起こした。今日は十九時から、バレエのチケットを取っていた。洗面所で手早く顔を洗い、口を漱《すす》ぐ。一枚一枚服を着込みながら、ぼくは開演前の、ざわめきに満ちた劇場を思い描く。ホワイエに集う着飾った女性たち。談笑する外国人。興奮を抑え切れない少女がステップを踏み、親の手に縋って足を高く上げる。舞台のオーケストラピットからは、奏者がチューニングをする切れ切れなメロディーが聞こえてくる。まだ時期は早いが、もうホワイエはクリスマスツリーやイルミネーションで飾られているかもしれない。少しずつだが、気分が高揚してくる。

最後にコートを羽織ると、電気を消す前に部屋を振り返った。四年を過ごす間に際限なく増えていった本は今では本棚から溢れ、床を覆い尽くしていた。わずかに人ひとりが通れるだけの細い隙間が、本と本の間にできている。そこは人間の部屋というより、動物の暮らす巣のように見えた。最後に人を呼んだのはいつだったろうと考え、答えが出る前にぼくは電気を消した。点けっぱなしのパソコンだけが、白々とした光を部屋に放っている。ふとベッドの辺りに人の気配を感じた。面影が像を結びかける。

コートのポケットに手を突っ込み、そこに一枚の紙切れを探り当てる。確認するまでもなく、それがバレエのチケットであることをぼくは知っている。ほんのわずかな時間でいい、ぼくをこの現実から引き剝がしてくれる何かが必要だった。今日の演目はなんだったろう、玄関で靴を履きながら考える。シンデレラだろうかドン・キホーテだろうか。コッペリアだったかもしれない。ジゼルの可能性もある。ぼくの記憶は曖昧で、そうしている間にも、背後で気配は膨らんでいく。

月　日

夕方になって目覚めた。カーテンの隙間から黄色い薄日が射し、ひたひたと部屋を染めていくのが分かる。まだ重たい瞼を閉じたり開いたりする。

いきなり、強烈な孤独感がぼくを襲った。

そこにはなんの脈絡も論理もなかった。覚めやらぬ意識の狭間に、孤独は錐《きり》のように刺し込まれた。世界がその本質を露わにする。自分は永遠に一人であり、一人であることにはどんな詩もなく、甘美なものなど何ひとつ用意されてはいないことを、満身が理解する。孤独は惨めで、恐ろしく、滑稽ですらあるという認識がぼくを圧倒する。自己愛が機能不全を起こし、ぼくは孤独を友と感じなくなる。全てが敵になる。自ら選んだ道が、崖にしか続いていないと感じ出す。体の中心が、ふと虚ろになる。

ぼくはそのまま身動きせず、固く拳を握り締めた。

意識が冴えてくるにつれ、孤独感は薄れていった。手垢の付いた思考が、ぼくを孤独から遠ざける。目覚め際の、最も脆弱な時間は終わった。ぼくは安堵の溜め息をつく。

汗で湿った布団を足で払いのけると、ぼくは耳を澄ました。部屋中に、単調だが物柔らかな響きが充満している。それは、床に置かれた小型のホワイトノイズマシンから発せられていた。寝付きの悪いぼくのために、以前知り合いの編集者が贈ってくれたものだ。静寂と縺れ合うようにして、高まったり低まったりするその音は、あらゆる鋭敏さをぼくから奪っていく。尖ったものは丸くなり、角は丹念に削り取られる。先ほどの孤独感はすっかり消えていた。ぼくは無感覚を維持したまま、するりとベッドから抜け出した。

丁度そのとき、十七時を告げる「夕焼小焼」のチャイムが、遠くから聞こえてきた。

月　日

古書会館で古本を漁っていると、急に雨の音がし出した。間もなく遠雷が轟《とどろ》き、雨脚が強まる。帳場から嘆声が上がり、幾人かが小走りに外へ出ていった。顔をそちらに向けると、雨が筋を曳いて降り注ぎ、道路が白く烟《けむ》っていた。均一本が置かれた外のガレージでは、帰るに帰れなくなった人々が、ぼんやり空を仰いでいた。

視線を書棚に戻す。雨にざわついたのは帳場だけで、他の客たちは一瞥もくれなかった。彼らは思い思いに棚の狭間を練り歩き、本の物色を続けていた。大半が七十近くに見える老人たちで、どういう経緯からこの場所に辿り着いたのか、見当もつかない。

ぼくは彼らを掻き分け掻き分け、広い倉庫のような空間を行き来しながら、棚に目を注いでいった。一見しただけでは発行年代の特定も困難なほどに黒ずみ、煤け、手ずれでぼろぼろになった本が、棚には並んでいる。とうに消え去った出版社から出された、歴史に名を残すことの出来なかった作家の本が、この古書会館には溢れていた。ぼくは愛おしむように、一冊一冊の書名に目を走らせる。

ここは渚《なぎさ》だった。日焼けし、手脂にまみれ、活字の一つ一つが干からびてしまった古書たちが、最後に流れ着く渚。あるいは夢の残骸が、あるいは情熱の残滓が、値付けされて棚の中に静まっている。その光景は、不思議とぼくを落ち着かせた。

古書会館を出た後も、雨は続いていた。ずっしりとした本の重みをリュックに感じながら、ぼくは折り畳み傘で雨を凌ぎ、家路を急いだ。

途中、中央公園の傍を通った。拡声器で何かをがなり立てる声が聞こえ、ふとそちらを見ると、さして広くもない公園いっぱいに、傘を差し、あるいはレインコートを来た老若男女が集まり、群衆を形成していた。取り取りの傘を掲げ、激しく雨に打たれながら、人々は悲壮な声を上げていた。何かの政治集会らしいが、声は雨音に紛れ、よく聞き取れない。公園の外には野次馬が群がり、中にはカメラを回している者もいた。

ぼくはしばらく足を止め、濡れそぼった群衆を眺めていた。かれらの動きに合わせ、雨具は爬虫《はちゅう》類の膚《はだ》のようにつやめき、雨に打たれてはパラパラと冷たい音を立てる。強まる雨にぼくの肩は濡れ、靴は濡れ、浅瀬を渡ったかのように、ズボンの裾も濡れていった。

月　日

　コーヒーの香りに取り巻かれて、ぼくはすでに退屈している。視線を窓の外に向けるが、アーケードをせかせかと行き来する人群れが見下ろせるだけで、その景色はますますぼくの気を滅入らせた。手許に目を戻す。空のカップが置かれている。

「いやぁ、あの本は弊社でも話題になってまして……あ、僕は実話系の雑誌社に勤めているのですが、それにしてもすごいですね。もう四十万部ですか」

　眼鏡を掛けた恰幅《かっぷく》の良い、三十がらみかと思われる男が、こちらには目もくれず、ぼくの隣に座るマキムラさんに勢い込んで話しかけている。マキムラさんはくつろいだ様子で、ときどき口許に笑みを浮かべては、それを拳で隠すような仕草を見せていた。

「いえいえ、まあ、そうですね。来年には五十万部いくかもって、担当からは聞きました。でも、あの本は書くのに大分時間かかりましたし、色々大変なこともあって……」

「延期とかも確か――」

「そうそうそう。一旦は書き上げて出版社にも渡したんですよ。それで作業も進んでたんですが、後から読み直して、やっぱこれじゃ駄目だって思って。そしたら編集部でもどこか足りない、もうひと押し何かが足りない、って話が出てたみたいなんです。それで僕、出版社に頼んで、発売を延期してもらうことに決めたんです。つまらないものを出して、読んだ人に失望されるのが嫌だったんですよ。それが一番最悪ですから。最後には編集の方たちも理解してくれて、ならお前の書きたいように書けって言ってくれて……」マキムラさんは滔々と、だが苦笑まじりに、ぼくがもう何度も聞かされた苦労話を、見知らぬ男に向けて語り出した。それを聞きながら、ぼくはますます塞ぎ込み、苦りきった気分が舌の付け根にまで上がってくるのを感じていた。

かつてぼくに話したように、マキムラさんは心機一転を期し、以前から小説の準備を進めていた。それは間に延期を挟みながら、二年近くかかってようやく完成された。その頃のぼくは何かと彼に会うことが多く、顔を合わせるたびに、小説の進捗状況をつぶさに聞かされたものだった。そして昨年の暮れ、いくつかヒット作を出してはいるものの、まだ無名に近い新興出版社から小説は刊行された。

そこに書かれていたのは、インターネットとサブカルチャーに彩られた彼の半生とも言うべきものだった。改造ゲームに熱中した幼少期から、ネットを通して一昔前のアングラ文化に魅せられた学生時代、そしてシェアハウスでの破滅的な暮らしに至るまでが、虚実入り混じった飄々とした筆致で描かれていた。

最初はSNSの一部で注目されていたに過ぎなかったが、今年の春にさる文学賞の候補作として選ばれたことをきっかけに話題に火が付き、小説はその特異な内容も相俟って、種々の議論を呼びながら瞬く間にベストセラー入りを果たした。

マキムラさんは一躍、時の人となった。

「あ、お時間取らせてしまって申し訳ありません。僕これから打ち合わせがあるので失礼します。お代は払っておくのでどうぞゆっくりしていって下さい」

男は立ち上がり、ペコペコと頭を下げて伝票を手に取ると、テーブルの間を縫ってレジへと消えていった。結局、一度もぼくの方を見ることはなかった。

「いやー、ごめんね」スプーンでカップの底の淀みをかき混ぜながら、マキムラさんは早口に言う。「ここ入ろうとしてたら外でさっきの人に声かけられてさ。ファンだって言うし、待ち合わせにはまだ早かったから時間潰しに話してた。そしたら長くなっちゃって。あの人はまともだったから良かったけど、たまにさ、変な人にも声かけられて困るんだよね」

フッ、と口許を歪めた後、

「この後どうする？　場所移そうか？」

「いえ、ここで大丈夫です」

「そう」マキムラさんはふと、迷惑そうにぼくを横目に見た。

「ならさ、席前に移ってくんない？　隣に座ってると変じゃん」

改めて飲み物を注文しなおしたぼく達は、テーブルを挟んで向かい合っていた。お互いに黙り込み、ちらちらと手許のスマホに目を遣ったり、所在なげに視線を窓に向けたりする。ぼくは大して飲みたくもない抹茶オレに口を付け、彼の身なりに目を留めた。

（マキムラさんも変わったな）

ぼんやりとそう思う。見るからに上質そうな白いニットを着て、首許にはぼくでも知っているブランドの、オーブ状の大きなネックレスを下げていた。袖から覗く左手首には、複数の文字盤が精妙に組み合わされた白金の腕時計が巻かれている。はじめて会った頃の、赤紫のくたびれたシャツを纏い、足にはサンダルを履いて、身軽に街を歩いていたマキムラさんの面影は、もうどこにもなかった。

（それで、ぼくは変わったのだろうか？）

マキムラさんを観察する傍ら、ぼくは自分の存在を意識する。格好こそ上京当時とさして変わらない。しかしぼくの内部は、すでに荒れ果てた廃墟でいっぱいだった。そこにはどんな匂いもなければ、色もない。全ては崩れ落ちるままになっている。最初はゆっくりだったものが、徐々に速度を増している。確かにぼくも変わりつつあるのだろう。ぼくのそうした変化は、もはや隠し通すことが困難になっていた。

「……前に話した件、考えてくれた？」

テーブルに両肘を付き、脇に視線を逸らしたまま、マキムラさんは口を切る。

「ミズキもさ、今年で大学卒業して、今は就職せずぶらぶらしてるんでしょ？　ちょうどいい機会だと思うんだけどな。最近は物も書いてないようだし、ＳＮＳだって大分更新してないよね」

「まあ……」

「俺もさ、今度は自分のやりたいことをしたいんだ。結局、俺は小説家になりたいって訳じゃない。あくまで手段だよ。人を動かすには目に見えるものが必要なんだ。数を出さなきゃ誰も認めてくれない。愛してくれない。俺はいま幸せだよ。もうシェアハウスで暮らすのは御免だし、真っ赤な通知や請求書に怯えるのだって嫌だ。俺は大学にも満足に通えなかった。親との縁もとっくに切れてる。保証人もいないからマンションだってスマホだって契約するのが大変だった。色んな伝手を使って、俺はようやく人並み以下の暮らしを暮らしてたんだ。

　でも、今は違う。……

　前にも話したけど、出版社でムック本の責任編集をやらせてもらうことになったんだ。あっさり、って訳にはいかなかったけど、このチャンスを逃す訳にはいかないから、頑張って企画を通した。俺は昔から、アングラ系の人たちが作る無茶苦茶なムック本に憧れてたんだ。ポルノ、殺人、ドラッグ、人身売買、フリーク、奇書、カルト……なんでもありだ。俺はそういう「外側」を、現実とも妄想ともつかない世界を垣間見させてくれるムックに憧れて、文章を書きはじめた。

もちろん、今じゃ同じものを作るのは不可能だけど、きっと注目されると思うな。アンダー・グラウンドはどこにだって、いつだってあるんだ。それは人の欲望、そのものだからね。やっぱり最初のテーマはインターネットかな。歓楽街でたむろしてる未成年に取材してもいい。きっと面白い本になる。ミズキにはその手伝いをしてほしい」

マキムラさんの瞳には、あの熱っぽい、潤んだような輝きが宿っていた。無邪気とすら言えるその輝きには、人を虜《とりこ》にする魔力がある。かつてのぼくであれば、一も二もなく頷いていたことだろう。無言のぼくを見て、彼はなお熱心に言い募る。

「共同編集って形でもいいし、助手のような形でもいい。もちろん記事も書いてもらう。巻頭にはミズキの詩が欲しいな。単なる悪趣味じゃなくて、洒落《しゃれ》ていて、スタイリッシュな本にしたい。俺にはアングラとかサブカルの知識はあっても、芸術全般には疎いから、ミズキがいたら心強いんだ。それに、ミズキはなんでか知らないけど、ほら、ファクトリーでもそうだったけど、変な人に好かれやすいじゃん？　無職とかジャンキーとかに、すぐ気に入られてたし。そういうのってこの仕事やる上では大事だと思うんだ。きっと適性あるるよ。あと――」

「ちょっと待ってください」

ぼくはマキムラさんの言葉を遮った。

「ん？」

「ぼく、前に断りましたよね」

「どうして？」マキムラさんはコーヒーを一口啜り、底光りする目をぼくに向けた。「悪い話じゃないよね」

長身のウェイターが通りすがりに、ぼくとマキムラさんのコップに水を注ぎ足し、音もなく立ち去っていく。ぼくはなみなみと水を湛えるコップを手に取り、水滴をテーブルにこぼしながら、半分ほど一息に喉に流し込んだ。コップを置き、口許を拭う。

「もう、そういう気分じゃないんです」

「はあ？」

「いいじゃないですか、なんでも」

「いやいや、だから理由言ってよ。それじゃ納得できないって」

珍しくマキムラさんは食い下がる。ぼくはうんざりしながら、適当な言葉を探す。

「一人になりたいんです。一人になって、考えたいんです」

「考えるって何を」

「……」

「あのさ、ミズキ」

「マキムラさんには分からないですよ」

「それは違うじゃん」

「……」

「なんか勘違いしてない？　俺は別に変なことに勧誘してるんじゃないよ。ちゃんとした出版社の仕事で、金も出る。万一売れなくったって、自腹を切るわけじゃない。同人誌とは違うんだし、それは分かってるよね？」

「分かってますよ。そういうことじゃないんです」

「じゃあ何が不満なわけ？」

「だから……」

それから押し問答は二時間近く続いた。ぼくの意志は変わらなかった。ウェイターが何度か席の間を行き来し、水を注ぎ足したり、カップを片づけたりした。ランチタイムは終わり、混み合っていた喫茶店の店内は、いつしか空席が目立つようになっていた。店内に薄く流れるイージーリスニングの音楽も、今は喧騒に掻き消されることなく、はっきりと聞き取れた。やがてマキムラさんは、顔中に苦い笑いを浮かべ、吐き出すように言った。

「分かった……そんなに嫌なら無理強いはしないよ。俺が悪者みたいじゃん」

「すいません」

「だからいいって」

マキムラさんは窓へ顔を向け、コップを摑むと、底に残る氷の欠片を口に流し込み、音を立ててゆっくりと噛み砕いた。脱毛でもしているのか、磨き立てられたように清潔な彼の横顔に、ふと、荒み切った年月の翳がよぎる。

突然彼は立ち上がった。屈んで足許のバスケットからコートを摑みとり、手早く身に纏うと、「ミズキに見せたいものがあったんだ。出よう」急き立てるように言った。

⁂

人ひとりいない。

やや日が傾き、かと言って夕方とも言えない真空の時間を、ぼく達は無言で歩んでいく。空を覆う雲は所々が黒ずんで、鈍い光を滲ませている。風は冷たいが、酷寒と形容するには足りない。丁寧に刈り込まれた植込みを、かすかに震わせながら、風はしずかに過ぎていく。規則的に配置された巨大な室外機の隙間に、ふとよぎる幼年期の記憶のように、噴水がある。ジャングルジムがある。東屋《あずまや》がある。小池がある。手入れは行き届いているが、年月の経過がもたらした衰亡の跡は隠しようがない。荒れ果てていないだけ、却ってそれらは物寂しい。

しばらくして、ぼく達はどん詰まりに辿り着く。身の丈以上もあるステンレスの柵の、その向こうに、――どこまでも続く東京の街並みが広がっていた。

マキムラさんに連れて来られたのは、喫茶店からほど近い場所に建つ巨大商業ビルの屋上だった。そのビルは低階層こそ古書店や雑貨屋、レストランなどが連なる商業施設だが、高層部分は住宅施設として利用されている。竣工から半世紀あまりが経過しているが、当時からそのビルの高層階はタレントや文化人が暮らす高級マンションとして知られ、立地の良さや数々の伝説から、現在でも入居志願者が後を絶たないらしい。マキムラさんは、その一室に近々引っ越すのだという。

用件は終わったのだしよせばいいのに、ぼくは以前からの習慣で、言われるがまま彼の後に従ってここまでやって来た。

「にしても良かったんですかね、勝手に入っちゃって」ぼくは柵越しに街の景色を眺めながら、咎める口調で言う。「まだ住んでないんですよね？」

「いいのいいの。もう内見は済ませてるし、じきこっちに移るんだから」

濃紺のチェスターコートを着たマキムラさんは、すっと指を街並みに向け、

「今じゃ結構背の高い建物もできちゃって、見晴し悪いけど、……昔はこのビルがこのへんでは一番高かったんだ」

「へえ」

全てが灰色に見える。灰色と、くすんだ白が織りなす曇天の街並み。……こうして屋上で、柵の隙間から街を見下ろしていると、昔のことを思い出した。雑居ビルの間に埋もれ

るようにして建ち、無職や、作家くずれや、イラストレーターや、フィクサー気取りの中年や、憧れに胸をはち切れんばかりにしていた詩人を、一つ屋根の下に収容していた、あの一軒のシェアハウスのことを。ぼくはあの家の屋上から、よく小汚い街を見下ろしたものだった。狭くて、淀んで、暗くて、けれども手が届きそうなほど、空は近くて熱かった。

「ファクトリーの人達って、今どうしてるんですか？」ぼくは言った。

「え？　どうしたの、いきなり」

「知りたいんです」

「…………」

柵を右手で掴み、マキムラさんはふと遠い目になる。

「ファクトリーが解散した後、みんな猊下のビルに移ったじゃん。そこも去年解散してさ、みんなバラバラになった。途中から、ほら、入鹿さんって写真やってた人、彼も暮らし始めたんだけど、今は東北の実家帰ったらしい。ネジさんは別のシェアハウスに引っ越してまだ無職やってる。スイレンくんは就職して社員寮に入っちゃったし、山崎は――分かんない、音信不通でさ。ま、どこかで生きてるとは思うけどね。シェアハウスにはホームレス上がりの人もいたし、何とかなるもんだよ。あと、モリヤさんは独立して、今は普通に一人暮らししてる。って、これはＳＮＳで知ってるか。だいたいそんな感じ」

マキムラさんは実によく住人たちの去就《きょしゅう》について把握していた。それで分かったのは、一つの「場」が、完全に消失したという事実だった。あの家族のように睦み合っていた人たちが、今はみな離れ離れに生活している。信じられない気がした。

だが一方で、その現実を、至極当然のものとして受け止めている自分がいる。

「あ、そう言えば猊下の噂は近頃とんと聞かないな。……まあでもあの人のことだから、裏ではなんかあくどい事やってんだろうなぁ」

喉の奥で笑い、マキムラさんは急に顔をこちらに振り向ける。

「なあミズキ、ほんとに仕事、一緒にやらないか」

いつになく力強い口調で、そう誘いかけてくる。

「いろんな変なやつ集めてさ、取材したり原稿書いたり。きっと楽しいと思うな。ファクトリーにいた頃みたく、毎日がお祭り騒ぎで。――それが、ずっと続くんだ」

「マキムラさん、もう全部終わったんです」

しかし、ぼくの心が変わることはない。

「後はただ、遠ざかっていくだけですから」

日の落ちた路上で、ぼく達は別れた。いつも、別れ際のこの時間が苦手だった。さよならを言い出しかねて、二人は行き交う人群れの中に立ち尽くしていた。

「それじゃあ……」先に口を開いたのはぼくだった。

「ああ……」それを待っていたかのように、マキムラさんの笑みがひきつる。

背を向けて歩き出した刹那《せつな》、「あのさ」彼の手が肩に置かれた。

振り向くと、蒼白な顔をしたマキムラさんが、どこか怯えた目でぼくを見ていた。

「余計なお世話かも知んないけどさ」

「はあ」

「ミズキが何を思い詰めてるかは知らないし、立ち入るつもりもないけどさ」

遠くで横断歩道が鳴っていた。「通りゃんせ」の古めかしいメロディーが、雑踏の奥から聞こえてくる。夕焼けもなく、夜が来ようとしている。

「風花みたいには、なるなよ」

その名を人の口から聞いたのは、久しぶりだった。

ぼくは笑っていたのかもしれない。

「大丈夫ですよ。毎日気を付けてますから」

月　日

「風花は死んだよ」

片桐さんに喫茶店でそう告げられた時のことは、今でも鮮明に思い出すことができる。心が空っぽになり（という紋切り型の表現が、いかに実感に基づいているかをぼくは知った）、目に映る事物が鮮やかに、鮮やかすぎるほどに、くっきりと浮かび上がってきた。斜め前方の座席に、横顔を見せて座っている女性の、薄手のシャツに浮き出た背骨の隆起をすら、ぼくの目は捉えていた。店内で交わされる物静かな談笑の声が、何倍にも増幅され、虚ろな心に飛び込んでくる。グラスを覆う露の一滴が、テーブルに向かって垂直に流れ落ちる——その透明な軌跡が、徐々に切り開かれてゆく世界の傷口に見えた。

それはきっと、走馬灯に似ていた。全ての意味が圧縮され、急速な勢いで展開された。ぼくは情報量に付いていくことができず、ただ、目を見開き、聞き耳を立てることしかできなかった。最愛の何かが失われた瞬間、世界の意味は書き換えられる。ぼくはまさに、その現場に居合わせていた。細胞のひとつひとつが、彼女が「いる」世界から、「いない」世界へと更新される。過去の意味、記憶、情景が、言葉、仕草、匂いが、一遍に裏返り、甘やかな芳香に包まれる。それは、死が立てる腐臭だった。

風花さんの死を知って、ぼくが最初にしたことは、彼女の画集を買い集めることだった。彼女の死が公表されれば、即売会用に制作された少部数の画集の在庫が払底してしまうことは目に見えていた。ぼくは通販サイトを使い、また東京中の古書店を駆けまわって、彼女が制作したものなら、どんな些細な画集でも、一冊も洩らさず買い集めた。

次にぼくがやったのは、風花さんの残したＳＮＳでの投稿を全て取得することだった。過去から遡って、十年近くに亘る夥しい数の投稿を、一つ一つ、ぼくは読んでいった。そのとき世界はいまだ感染症下にあり、大学の登校義務も免除されていた。ぼくは暗い部屋に閉じこもって、ＰＣの画面を見つめつづけた。無邪気に日常報告を行っていた風花さんが徐々にイラストを投稿するようになり、長ずるにつれ日常報告が消え、抽象的で意味の摑み辛い、勢いに任せたような文章が増えていき、最終的には、仕事の告知を除く一切の投稿が消えてしまうに至る、彼女の長大な言葉の連なりを、ぼくはつぶさに追っていった。

しかし、そこに癒しはなく、慰めはない。ぼくはただ憑《つ》かれたように、風花さんの痕跡を追い求めた。彼女が愛する音楽を聴き、彼女が愛する映画を観、彼女が愛する画集を読んだ。その過程で、風花さんを通して世界に開かれていたぼくの心が、少しずつ、固く、閉ざされていくのを、ぼくは感じていた。二ヶ月余りが過ぎた。ぼくはその間に、無理をして、風花さんの夢を一度だけ見た。内容はもう覚えていない。その時のメモにはこうある。

風花さんの夢を見た。風花さんが消える夢。幼少の頃の記憶とごっちゃになっていた。ぼくと風花さんは同じものになっていた。風花さんと一緒にぼくも苦しみ、死にそうになった。思うに、人の死を受け入れるとは、自分のそれまでの全人生と折り合いをつけることなのだ。

結局、風花さんの死が公表されたのは、彼女の死から一年近くが経った後だった。そこに、どんな思惑が働いていたのかぼくは知らないし、興味もない。その頃になると、ぼくは大学の最終学年に上がっていて、自分を忙しくすることにだけ熱中していた。詩を発表する傍ら、エッセイの連載をこなし、書き下ろしの小説を執筆した。大学のゼミに顔を出し、卒業研究に打ち込んだ。マキムラさんと何度か国内旅行に出かけ、その顚末を文章にまとめて即売会で売ったこともあった。ぼくはもう以前のぼくではなかったし、それでいいと思っていた。かつては拒んでいた顔写真の掲載も積極的に行うようになり、ぼくはどこにでも出かけ、誰とでも会った。

そうしているうちに、なんの滞りもなく、ぼくは大学を卒業していた。就職活動は行わなかった。風花さんの死から二年が経とうとしていた。その間に風花さんと出した絵本が何度か重版され、ぼくは印税を受け取った。印税はすべて観劇のチケットに換わった。ぼくは連れもなく劇場に赴《おもむ》き、座席に深々と腰を下ろしては、バレエだのオペラだのダンスだのミュージカルだの演劇だのといった舞台の数々を、無心に眺めるのだった。ぼくに退廃の才能はなかった。ぼくは醒め切った意識のまま、心が徐々に罅《ひび》割れていく響きに、じっと耳を澄ましていた。風花さんの三回忌が過ぎ、瞬く間に季節は冬へと傾いていった。

もうぼくは何もしなかった。詩も書かず、人とも会わなかった。「描けない」と言って泣いていた頃の風花さんは、こんな状態だったのだろうかとたまに思う。ぼくは風花さんの死んだ歳に近づいていた。

底冷えがしてセーターを着た。それでも足りなくて、厚手のカーディガンを一枚羽織る。机に戻ると、カーテンの隙間に手を差し入れて外を見た。いつの間にか暗くなっていた。ぼくは照明のリモコンを手に取り、明るさを上げようとしたが、ピピッ、ピピッ、と音がするだけで、それ以上明るくはならない。

月　日

電車を待つ間に気が変わって、入場料だけ支払うと、ぼくは駅を出た。今日もバレエのチケットを取っていたが、急に行く気がしなくなった。最近では、三回に一回は駅まで来て引き返してしまう。自分が劇場にいる姿を想像しても、心躍ることが少なくなった。

駅前は人で賑わい、広場や高架下では、ストリートミュージシャンが歌をうたっていた。二年前と違い、感染症への恐怖心が人々の間で薄らいできたこともあって、街は以前の活気を取り戻していた。広場の植込みや植木にはクリスマスのイルミネーションが施され、青と白の電飾が交互に明滅している。ぼくは横断歩道を渡って広場まで行くと、植込みの周囲に巡らされた縁石に浅く腰掛けた。

目の前をたくさんの人が通り過ぎていく。ダウンを着、マフラーを巻き、寒さに首を縮めながら、それでも目を生き生きと輝かせて、人々は広場を絶え間もなく行き過ぎた。上京したばかりの頃は、夕方、この同じ縁石に腰かけて、よく詩を書いていた。あの頃も、目前を人々は行き交っていたはずだが、ぼくの目には一向に入ってこなかった。ぼくには書くべき詩があり、脳裏に閃く言葉の断片を、ただ釣り上げていればそれで良かった。そこに何の疑いも、逡巡もなかった。けれど今のぼくに、当時と同じ情熱はない。時たま浮かび来る言の葉も、臆病な小魚のように、たちまち泥の中に隠れてしまう。

「あの、××さんですか？」

突然声を掛けられた。目の前に、大学生かと思われる、まだ垢抜けない格好をした青年が立っていた。マスクをつけ、髪は短く刈り込んである。

「僕××なんですが……」

どちらの名前にも聞き覚えがない。怪訝な顔をして見つめていると、彼は人違いに気付いたのか、「あ、すいません」と小さく頭を下げ、その場を立ち去ろうとした。

「待ち合わせですか？」

普段ならそんなことはしないのに、何となく気になって、ぼくは見知らぬ青年に尋ねた。

「え、あっ、はい」

「ぼくもいま連れを待ってて」嘘を吐き、困ったように笑う。彼はそれを聞いて安心したのか、それともぼくを大学生とでも勘違いしたのか、急に打ち解けた口調になり、

「そうでしたか。僕もちょっと人と会う約束してたんですが、この街来るのはじめてで」

「あぁ、なるほど。この時間けっこう人いますし、見つけるの大変かもしれないですね。あっちの方は探しましたか？」ぼくは広場の反対側、噴水があり、周りに酔っぱらいや外国人がたむろしている辺りを指差した。

「ええ、でもいないみたいで。広場にはいるらしいんですが……」

「あ、それ南口じゃないですか？　この街、駅の反対側にもう一つ広場があって、そっちは騒がしくないし、もしかしたら」

「へぇー、あ、そうなんですか」青年は首を巡らし、駅の方を見た。「行ってみます。ありがとうございます！」

頭を下げると、青年は小走りに駆けていった。その姿は人混みに紛れ、すぐに消えてしまう。

ぼくはまた広場に目を戻した。いくつもの足が交錯し、硬質な響きを立てながら、信号が変わるたび、右へ左へと流れ出す。その繰り返しをぼくは見つめる。先ほど吐いた嘘のせいか、本当に、誰かを待っているような気がしてきた。風花さんが人混みからひょっこ

りと現れて、「いたいた」なんて言いながら、駈け寄ってくるんじゃないか。あるいはぼくを見つけあぐね、困り果てているのではないか。もしかしたら、寝坊するか電車に乗り遅れるかして、今まさに、ぼくのいる場所へ向かっている最中なのかもしれない。そんなあり得ない空想を、ぼくは戯れに思い浮かべる。

物語は、もう終わったのだ。

あとは欄外に書かれた、無用の注釈でしかない。

月　日

朝とも夜ともつかない時間に、ぼくは目覚めた。スマホの液晶に触れ、時刻を確認すると、午前五時ちょうどだった。夢の名残が、まだ頭の片隅に残っていた。しかしそれも朧になりつつある。液晶が消える寸前、ロック画面の下部に、メールを受信したことを示すアイコンが表示されていることに気づいた。昨夜来たものだろうか、ぼくはスマホを引き寄せると、メールを開封した。

内容に目を通しているうちに、だんだんと意識が冴えてきた。送信者名には、片桐とあった。彼とは二年前の個展以来、一度も会っていなかった。

ご無沙汰しています。片桐です。
いきなりで悪いけど、本題に入ります。

風花が亡くなってから、僕はご遺族の方と一緒に、
彼女の全画集の刊行を目指して色々と動いてきました。
権利関係のごたごたもあって時間がかかったけど、それがようやく実を結んで、
××社が版元を引き受けてくれることになりました。

それで今、ご遺族や編集の方と協力して風花の作品を整理していたのですが、
ちょっとミズキくんに尋ねたいことがあって、この度は連絡しました。

風花はああ見えて制作に関しては几帳面で、ほとんど一作ごとに、
イラストの構想やモチーフ、テーマを書いたメモが残っていました。
これはとても貴重だし、作品理解の上でも重要なものだから、
画集に付録として載せようかと考えています。

ただ、一作だけ、そのメモが見当たらない作品があるのです。

タイトルのない、たぶん、風花が生前最後に描いていた作品です。

未完成のようですが、これは絶対画集には入れたいし、何か手がかりが欲しい。


ミズキくんは風花の最後の日々、いちばん近くにいた人だと思います。

だから、何か作品について聞いていることがあったら、教えてほしい。

これはミズキくんにとって答えにくい質問かもしれません。

でも、風花の作品を正しく後世に残し、伝えていくためには必要な作業だと、僕は思っています。

きっとそのことを、ミズキくんも理解してくれると信じています。


作品を添付しておきます。どんな些細なことでも、思い出すことがあれば、お返事いただけると嬉しいです。

何卒よろしくお願いいたします。

それと、できたらミズキくんには、画集のまえがきか解説か、何か一文を寄せてもらいたいと考えています。

これについてはまた後ほど、編集から連絡がいくと思います。

書いてくれたら、きっと風花も喜びます。

月　日

その日は、朝から雨が降っていた。

電車を乗り継ぎ、駅を出ると、雨に濡れた煉瓦道を、ぼくは人波に従って歩いていく。すぐに、それは見えてきた。街路樹と街灯の隙間から、全体を青と黄の縞模様に彩られ、ドームの尖塔部分に赤い旗をなびかせた、巨大なサーカステントの一部が覗いていた。そこに近づくにつれ、聞き覚えのあるメロディーが、ぼくの耳に入ってきた。華のある中にも一抹の哀感が漂う、それはサーカス団のテーマ曲だった。

「こんなに輝いててさ、心躍るものって他にないよ」

回転椅子の上で膝を抱え、風花さんはモニターを食い入るように見つめている。

「ワッ、今のみた？　落ちたら死んでるよ。でも綺麗なんだよね。どうして人間やめたみたいな動きしてる人って、こんなに美しいんだろう。——いや、そうじゃないか。未知だから美しいんだ。すごいなあ、人間って」

風花さんが見ているのは、ぼくが近所でレンタルしてきた、世界を巡業して回る著名なサーカス団の公演DVDだった。以前から風花さんは、話の端々でこのサーカス団の名前を口にしていたので、気になったぼくが借りてきたのだった。

「私さ、子供のころ、父親に連れられてアメリカに行ったとき、現地でこのサーカスをみたんだ。それで狂っちゃった。もう何回みたか知れないよ。日本来るたび通ってさ……」

半袖から覗く風花さんの腕には、鳥肌が立っていた。ぼくはベッドの縁に腰かけて、遠い景色のように、風花さんの姿と、モニターに映るサーカスの映像とを交互に眺めていた。

「最初の夢なんだ、煌《きら》めきなんだ、私の……。私はだから、こういったものに出会ってきたから、生きてこれたんだ。絵を、描いてこれたんだ」

風花さんの目から、一滴の涙が伝い落ちた。彼女はそれに気づかぬまま、飛び跳ね、唸り、落ち、駆けまわり、摑まり、回転する強靱でしなやかな肉体の乱舞に、ただじっと目を凝らしていた。画面に目を向けたまま、風花さんは言った。

「ミズキにはある？　何か、大切なものが――」

開演前のテントは薄暗く、客席に人の蠢く気配だけが感じられた。パフォーマンスの都合か暖房は最低限で、肌寒い。ぼくはチケットを確認しながら客席の間を進んでいき、隅の方に予約しておいた席を見つけた。荷物を座席の下に置くと、ぼくは腰を下ろした。半円形の客席に取り囲まれるようにして、今は無人のステージが淡いライトに照らし出されている。幕もなく、そこは小島のように孤立している。天井からは、安全ネットや照明器具がぶら下がっていた。テントいっぱいに、サーカスのテーマ曲が鳴り渡っている。風花さんと一緒に、何度も公演の様子はＤＶＤで見ていたが、実際に現場に来るのは初めてだった。このサーカス団は感染症の流行期に一度経営破綻し、解散の憂き目に遭っていたから、機会が巡って来なかったのである。風花さんはよくそのことを嘆き、観劇の機会を逸したぼくのことを憐れんでいた。しかし今年になってようやくサーカス団は再建され、こうして、日本で巡回公演が行われるまでになった。

客席の照明がゆっくりと落ち、スポットライトがステージに集中した。奥から、顔を白塗りにした二人のクラウンが、ひょこひょことおどけた足取りで登場した。二人はマリオネットのようにぎこちなく頭を下げると、片言の日本語で、前口上を述べはじめた。

「皆サン、ホンジツハ、オコシイタダキ、アリガトウゴザイマス。コレカラ、オメニカケマスハ、一場ノ、ユメ。サイゴマデ、ドウゾゴユックリ、オ楽シミ、クダサイ――」

⁂

か細い雨が音もなく、大振りの傘に吸い込まれていく。

サーカス帰りの人混みを離れ、ぼくは駅とは反対方向に歩いていく。行く当てはなかった。ただ、もう少し歩いていたかった。目に映る幾何学的な建築の全てが、冬の雨に濡れ、物言わぬ石碑のように蒼古として見える。首都高速の上に架かった、長大で幅広い陸橋を渡っていくと、一人のストリートパフォーマーが、道の半ばに立っていた。スピーカーから音楽を流し、不安定な足場の上で、ジャグリングをやっている。サーカス帰りの客を当て込んでのことだろうが、この雨だ、彼の前には二、三人の傘をさした男女が、スマホを弄ったりしながら、つまらなそうに佇んでいるだけだった。

四十近くだろう、髪こそ派手な赤色だが、面立ちは意外に老成している。路上に立ちつづけたせいか顔は日に焼けて浅黒く、目は雨を弾き返そうとでもするように、瞬きを繰り返していた。三つのクラブが、彼の手の中で舞っているのを、すれ違い様、ぼくは横目に見た。彼の声が、背後から迫ってくる。

「皆さんを楽しませたくて、パフォーマーになりました。皆さんの笑顔が見たくて、大道芸を続けてきました。拍手が足りません。もっと、拍手をお願いします！」

歩くにつれ、その声も遠くなっていく。

橋を渡り切ると、そのまま煉瓦敷きのプロムナードが続いていた。ふと、雨が止んだかと思って、傘から手を差し出した。手のひらの上に、ひんやりとした糸のようなものが、かすかに触れてくるのを感じた。見えない雨が、依然ぼくの周りを包み込んでいる。

間もなく道は尽きた。行き止まりは、海を見渡せる展望デッキになっていた。そこでは、最近また見かけるようになった外国人観光客の一団が、傘も差さずに記念撮影を行っていた。かれらが立ち去るのを待ってから、ぼくもデッキに立った。

見渡す限りの海は、どこかよそよそしく凍えて見えた。低く垂れこめた雲に、遠くのビルはその半ばまで没してしまっている。白い海上橋も、普段なら美しいのだろうが、曇天を背景とすることで、むしろそのくすんだ色合いが目立っていた。ここから見える全てに、華やかなものは何ひとつなかった。ただ、荒涼としていた。カモメ一羽いない。海一面に、しずしずと雨が降り注いでいる。

サーカスは、ひどく退屈なものだった。どんなアクロバットも、空中ブランコも、トランポリンも、体操技も、ファイヤージャグリングも、綱渡りも、クラウンショーも、ぼくを楽しませはしなかった。隣で息をのむ観客も、興奮の拍手も、ぼくには空々しいだけだった。明滅するライトと、大音量で鳴り響くショー音楽のただ中で、ぼくは孤独だった。

ぼくは少し、期待していたのだ。風花さんが愛し、あれほど熱烈に賞賛していたパフォーマンスを間近に見れば、何かが変わるのではないかと。奇跡のようなことが起こって、胸のつかえが取り払われ、風花さんが生きていた頃と同じ、あの輝きに身を任せることができるのではないかと、そんな、子供じみた考えをぼくは抱いていたのだ。

しかし、奇跡は起こらなかった。風花さんが見たという煌めきを、ぼくは見ることができなかった。

　当然だ、と思う。ぼくと風花さんは違うのだ。死んだからって、その人を所有できるわけじゃない。その人の全てが、理解できるわけじゃない。

　ぼくはたぶん、取得可能な風花さんの痕跡を残らず集め、目を通し、自分に同化させてきた。ぼくは彼女の好きな音楽から、好きな小説の一節に至るまで、諳《そら》んじることができた。でも、それじゃ駄目なんだ。

　彼女の不可解な言動が、今でも棘のように、ぼくを刺すことがある。言葉は依然死ぬことがなく、面影は依然生々しいままで、不気味な細部として、ぼくの中に揺曳《ようえい》している。それを、愛おしくも思う。恐ろしくも思う。

　しろがねの海のおもてを、一艘の屋形船が、のろのろと渡っていく。デッキの傍にある階段から、ぼくは海の近くへ下りた。濡れた板敷の遊歩道を、海を見ながら進んでいく。

　ぼくは、どうすればよかったのだろう。あの二年前の夏の夕方、風花さんを無理やりにでも引き留めて、お前は二度と絵を描くなと、そう言えばよかったのだろうか。死にたくなければペンを置けと、泣いて懇願《こんがん》すればよかったのだろうか。それで彼女は納得しただろうか。それで彼女は、誇りを失わずに生きていくことができただろうか。

　歩いているうちに、船着き場が見えてきた。海の方へ、屋根の付いた桟橋が突き出ている。ぼくはその前で立ち止まる。入り口のゲートは閉まっていた。遊覧船が廃止されてしまったのか、最終便が出た後なのか、それとも気候のせいなのか、ぼくには分からない。

三年前、ぼくは風花さんと共に、ここに来たことがある。もうほとんど当時の会話を思い出すことはできなかったが、何か、創作について喋っていたような気がする。

風花さんはよくこぼしていた。私の描いているものは芸術じゃないと。人が望んでいるものに、形を与えているだけなのだと。

――しかし、全部むかしの話だった。船は行ってしまって、いま、船着き場には雨が降っている。

ぼくはなおしばらく、海辺の道を散策した。砂浜の砂は雨に黒ずんで、そこから浮き出るように、白い貝殻の破片が散らばっていた。風花さんとここに来たときのことを思い出そうとしても、記憶がうまく像を結ばなかった。景色は同じはずなのに、何もかもが違って見える。寂しかった。寒かった。ぼくはここに辿り着いたのか、それともここは、まだ途中なのか。

ぼくはいつも、誰かの背中を追いかけていた。憧れて、憧れがぼくを詩に駆り立てた。それはマキムラさんであったり、風花さんであったり、他の誰かであったりした。しかし気が付けば、ぼくの前を走る人はいなくなっていた。いつの間にかぼくは、トラックを逸れて、無人の荒野を走っていた。見渡す限りが荒地だった。誰の背中も見えない。ぼくは立ち止まり、辺りを見回してみる。地平線は煙り、街もオアシスもない。

蕭条《しょうじょう》と雨の降る中を、ぼくは進んでいく。一足ごとに、板敷の道が軋んだ音を立てる。空を見上げると、時間が凍りついてしまったかのように、変わり映えのしない曇天が広がっている。暗くもない。明るくもない。

視線の先に、一組の男女が見えた。まだ、学生なのだろう。砂浜の上に敷かれた遊歩道に腰かけて、足をぶらぶらと、前に遊ばせている。少女は傘を差していたが、少年は雨に濡れるままになっている。身振り手振りから、二人が笑っていることが窺えた。他に、人影はなかった。あの二人は、一体どうやって、ここまで辿り着いたのだろう。どんな不可視の因果が、二人を結びつけたのだろう。

ぼくは他界の風景でも眺めるように、遠くから二人の様子を眺めていた。

何故だかそうしていると、片桐さんが送ってよこした、風花さんが最後に描いたという絵のことが、ぼくには思い出された。

それは、海の絵だった。

そうとしか、呼びようがない。

かすかに漣を立てる海の光景が、絵の大部分を占めている。光の粒を浮かべた静謐な海は、手前から沖に向かって、濃紺から藍色へ、藍色から群青へと、次第々々に色をなくしていき、水平線と交わるところで、それは完全な白へと変わっていた。霞む空と海とが溶け合い、境界をなくして、ただ茫漠とした広がりだけが、見る者の目には残される。

まだ所々に塗り残しや空白があったが、それゆえ却って、画面には生々しい風花さんの息遣いが宿っていた。

しかしこの絵には、当然描かれていてしかるべきものが欠けていた。

人物が、どこにもいないのだ。

いつも風花さんの絵には、少女が、天使が、描かれていた。

それは徴《しるし》だった。彼女が商業イラストレーターであるということの。最大公約数的な美の作り手であるということの。彼女はそこに、かすかな負い目を感じていたようだが、何故それでいけないのか、ぼくにはずっと分からなかった。百人よりは千人、千人よりは万人に美しいと思ってもらえる作品を創ることが、イラストレーターの本懐なのではないかと、ぼくは素朴に考えていた。

ぼくには結局のところ、風花さんが絵を描けなくなった理由が、分かっていなかったのだ。いきなり描けないと言っては泣いて、今度は急に描きたいと言い出して、ぼくの前から去ってしまった。そうして死んでしまった。そんな風に考えていた。

でも、違った。

風花さんはただ、自分のための絵を取り戻したかっただけなのだ。

ぼくはまざまざと、風花さんが最後に描いていた絵を思い浮かべた。そこには何もない。どんな手がかりもない。見る者を喜ばせるような仕掛けも、驚かせるような外連《けれん》もない。

美しい少女もいなければ、白皙《はくせき》の天使もいなかった。

海が、あった。

徐々に色を変え、煌めき、果てもなく続いていく、はじめもなければ終わりもない、平坦な世界がそこにはあった。

不安と歓喜が、動揺と静寂が、光輝《こうき》と沈鬱が、孤独と平穏が、目まぐるしく入れ替わり、遂には溶けあって、ただ一面の白へと昇華される。

風花さんは一つの澄んだ視線となって、それを見ている。

身体は消え、言葉は消え、魂だけになって。やがてはそれも掻き消えて。

——永遠に近いどこかで。


ぼくはまた歩き出した。少年と少女は、相変わらずお喋りを続けていた。少女が傘を差していないのを見て、雨が止んでいることに気づいた。

だがいまだ空は雲に閉ざされ、光射す隙間はない。光はただ、ぶ厚い雲の奥から滲むようにして、地上を微かに照らしている。ぼくは閉じた傘で地面を突きながら、一歩一歩、前へと進んでいった。

片桐さんには、何も知らないと言っておこう。実際、風花さんがあの絵について口にしたことは一度もない。全てはぼくの想像だ。それに、画集を出すのは結構だが、そこに言葉を寄せるのも遠慮しようと思う。ぼくが彼女について、その作品について、付け加えるべきことは何もない。画集には、作品だけがあればいい。

歩一歩、ぼくは海から遠ざかっていく。海から離れるにつれ、先ほどまでは聞こえなかった潮騒が、急に耳につくようになった。

ぼくは足を止め、背後を振り返る。

暮れなずみ、薄明かりに充ちた砂浜に、遠い影のようにして、一人の少年と、一人の少女が立っていた。互いに手を繋ぎ、二人となって、弧を描く海岸線を、ゆっくりと歩いている。ぼくはその姿を目で追っていた。心に何か動くものを感じた。ぼくはコートの内ポケットに手を入れ、いつも懐中している手帳を取り出そうと焦った。摑み出したはいいが、勢い余って、手帳は雨後の地面に落下した。急いで拾い上げ、濡れたページを破り捨てると、手帳に差してあったボールペンを抜き取り、白い紙の上に勢いよく走らせた。思いは文字を追い抜き、遅れて言葉はぼくの前に現れた。ああ、遅すぎる。いつも言葉は遅すぎる。ただ、目に見えない光のようなものが、ぼくの内には渦巻いていた。何ヶ月ぶりだろうか、詩がぼくに兆したのは。音が消え、色が消え、心が消えた。感情は空になって、過去と未来が交わった。ぼくは世界に一人だった。彼が消え、彼女が消える。言葉になる。言葉も遂に透明になり、死んでいると、死んでいないの違いが、ふっと、ぼくには分からなくなる。雨が降っていると思った。だって、手帳がこんなにぬれているなんて変だ。インクが滲んでしまう。ぼくは塩辛いものを唇の端に感じながら、一心に詩を書きつづけた。顔を上げたとき、掻き暗《く》れた世界がぼくを取り巻いていることを、知っていた。愛する者の消えた時間が続いていくことを、知っていた。しかしぼくは手を動かすことをやめなかった。抗いがたい歓《よろこ》びが、ぼくの胸に兆していた。ぼくは笑っていた。涙を流しながら笑っていた。創ることの幸福が、瞬時に全身を充たしていった。

本書は書き下ろしです。

使用書体
本文――――A P-OTF 秀英明朝 Pr6N L+游ゴシック体 Pr6N R〈ルビ〉
柱――――A P-OTF 凸版文久ゴ Pr6N DB
ノンブル――ITC New Baskerville Std Roman

星海社
FICTIONS
イ8-03

魂《たましい》に指《ゆび》ひとつふれるな

2024年11月18日　第1刷発行

定価はカバーに表示してあります

著　者 ――――― 岩《いわ》倉《くら》文《ふみ》也《や》

発行者 ――――― 太《おお》田《た》克《かつ》史《し》
編集担当 ――――― 片《かた》倉《くら》直《なお》弥《や》

発行所 ――――― 株式会社星海社
〒112-0013 東京都文京区音羽 1-17-14 音羽 YK ビル 4F
TEL 03(6902)1730　FAX 03(6902)1731
https://www.seikaisha.co.jp

発売元 ――――― 株式会社講談社
〒112-8001 東京都文京区音羽2-12-21
販売 03(5395)5817　業務 03(5395)3615

印刷所 ――――― TOPPAN株式会社
製本所 ――――― 加藤製本株式会社

ISBN978-4-06-537678-2　N.D.C.913 230p 19cm　Printed in Japan

『終わりつづけるぼくらのための』

岩倉文也

Illustration／つくみず

令和最注目の詩人・岩倉文也 初の小説集

「わたし」は世界の果ての砂浜で一人の少年と出会った。モノが持つ物語を視《み》ることのできるその少年は、ガラクタの山で何かを探しつづけている。

幾多の記憶の旅を経て、あらゆる「世界の終わり」を見届けた末に少年が得たものは何なのか——？

気鋭の詩人・歌人、岩倉文也が「世界の終わり」を紡ぎつづけた連作掌編からなる待望の第一小説集。

『透明だった最後の日々へ』

岩倉文也

Illustration／浅野いにお

青春が憎いあなたに 詩人・岩倉文也が贈る 詩的ボーイミーツガール！

「――ぼくらは無傷だろうか？」

震災の記憶に囚われる学生詩人のリョウ、エキセントリックだが純粋な心を持ったミズハ、小説家を志す退廃的な美青年ナツト。

それぞれの孤独を抱えた三人の若者は、やがて訪れる別れの予感を胸に、生きることの絶望を分かち合う――

詩人・岩倉文也が満を持して贈る、不穏にして至純の青春小説。

ラインナップ

『私は命の縷々々々々』

青島もうじき

Illustration／シライシユウコ

新鋭・青島もうじきが
満を持して世に問う
近未来恋愛×SF×ミステリ！

人類があらゆる生物の生殖形態を模倣するようになった近未来。高校生の浅樹セイは、性を自らの意志で選択できるドウケツエビの生態を持って生まれ、性別決定について迷っていた。セイは同じく生態への悩みを抱える先輩・布目と出会って心を開くが、程なくして先輩は行方をくらましてしまう。その後、消えた先輩から謎めいた手紙が届き始める——。

『プライベートな星間戦争』

森岡浩之

Illustration／木野花ヒランコ

星雲賞・SF大賞の森岡浩之、待望の新作スペースオペラ！

人類がテクノロジーの力によって「半神」に進化した近未来、天使たちは神を狙う悪魔との決戦に備えていた。新人天使エスクは天使城の指令に従い、宇宙空間に襲来する悪魔と戦うが、神の命令に言い知れぬ違和感を覚えていた——。

ラインナップ

『世界の終わりのためのミステリ』

逸木裕

Illustration／爽々

人類が消失した
終末世界を旅する、
最果ての〈日常の謎〉！

「Q.人はなぜ、謎に惹かれるのか?」「A.知ることは、生き残ることとイコールだから」……人間の意識を半永久的に持続可能な人工身体にコピーしたヒューマノイド＝〈カティス〉が生まれた近未来。〈カティス〉の女性・ミチが目覚めると、世界から人類は消失していた。搭載された〈安全機構〉により自殺はできず、誰もいない世界で孤独な時間を生き続けることに絶望していた彼女は、少年の姿をした〈カティス〉のアミと出会う。〈人類消失の謎〉の解決を目指すと語る彼に誘われ、ミチは失われた人間の頃の記憶と永遠に続く時間を生き続ける意味を探す旅を始める。

☆星海社FICTIONS

ラインナップ

『セント・アグネスの純心 花姉妹の事件簿』

宮田眞砂

Illustration／切符

少女たちの感情と絆を〈日常の謎〉が照らし出す学園ミステリの傑作！

聖花女学院の中等部に編入した神里万莉愛は、みなの憧れの高等部生・白丘雪乃と仮初めの姉妹——花姉妹《フルール》になる。学院の寄宿舎セント・アグネスには、若葉《フィーユ》と呼ばれる中等部生と成花《マフルール》と呼ばれる高等部生がルームメイトとなる、花姉妹《フルール》制度が設けられていた。深夜歩き出す聖像、入れ替わった手紙、解体されたテディベア……。万莉愛が遭遇する不思議な謎を雪乃は推理し、孤独に閉ざされた彼女の心さえ解いてゆく——

ラインナップ

『永劫館超連続殺人事件 魔女はXと死ぬことにした』

南海遊

Illustration／清原紘

「館」×「密室」×
「タイムループ」の
三重奏《トリプル》本格ミステリ。

「私の目を、最後まで見つめていて」

そう告げた“道連れの魔女”リリィがヒースクリフの瞳を見ながら絶命すると、二人は１日前に戻っていた。

母の危篤を知った没落貴族ブラッドベリ家の長男・ヒースクリフは、3年ぶりに生家・永劫館《えいごうかん》に急ぎ帰るが母の死に目には会えず、葬儀と遺言状の公開を取り仕切ることとなった。

大嵐により陸の孤島《クローズド・サークル》と化した永劫館で起こる、最愛の妹の密室殺人と魔女の連続殺人。そして魔女の“死に戻り”で繰り返されるこの超連続殺人事件の謎と真犯人を、ヒースクリフは解き明かすことができるのか──

『少年探偵には向かない事件』

佐藤友哉

孤島×館×密室×ひと夏のボーイミーツガール！

大財閥・入来院《いりきいん》家の支配する薄荷島に招待された小学生・すばるは、ふつうを嫌う入来院家の令嬢・鈴音に出会う。彼女のもとには誘拐の予告状が届いていた。やがて、予告されたとおりに鈴音はさらわれてしまう。衆人環視のなか、塔の頂上から、忽然と。一体なぜ？　そして、どうやって？　鈴音を救うため、すばるは200年前、13年前、そしていま、入来院家で繰り返される密室人間消失の謎に挑む！

SEIKAISHA

星々の輝きのように、才能の輝きは人の心を明るく満たす。

その才能の輝きを、より鮮烈にあなたに届けていくために全力を尽くすことをお互いに誓い合い、杉原幹之助、太田克史の両名は今ここに星海社を設立します。

出版業の原点である営業一人、編集一人のタッグからスタートする僕たちの出版人としてのDNAの源流は、星海社の母体であり、創業百一年目を迎える日本最大の出版社、講談社にあります。僕たちはその講談社百一年の歴史を承け継ぎつつ、しかし全くの真っさらな第一歩から、まだ誰も見たことのない景色を見るために走り始めたいと思います。講談社の社是である「おもしろくて、ためになる」出版を踏まえた上で、「人生のカーブを切らせる」出版。それが僕たち星海社の理想とする出版です。

二十一世紀を迎えて十年が経過した今もなお、講談社の中興の祖・野間省一がかつて「二十一世紀の到来を目睫に望みながら」指摘した「人類史上かつて例を見ない巨大な転換期」は、さらに激しさを増しつつあります。

僕たちは、だからこそ、その「人類史上かつて例を見ない巨大な転換期」を畏れるだけではなく、楽しんでいきたいと願っています。未来の明るさを信じる側の人間にとって、「巨大な転換期」でない時代の存在などありえません。新しいテクノロジーの到来がもたらす時代の変革は、結果的には、僕たちに常に新しい文化を与え続けてきたことを、僕たちは決して忘れてはいけない。星海社から放たれる才能は、紙のみならず、それら新しいテクノロジーの力を得ることによって、かつてあった古い「出版」の垣根を越えて、あなたの「人生のカーブを切らせる」ために新しく飛翔する。僕たちは古い文化の重力と闘い、新しい星とともに未来の文化を立ち上げ続ける。僕たちは新しい才能が放つ新しい輝きを信じ、それら才能という名の星々が無限に広がり輝く星の海で遊び、楽しみ、闘う最前線に、あなたとともに立ち続けたい。

星海社が星の海に掲げる旗を、力の限りあなたとともに振る未来を心から願い、僕たちはたった今、「第一歩」を踏み出します。

二〇一〇年七月七日

星海社　代表取締役社長　杉原幹之助
代表取締役副社長　太田克史